臨溪路70號

鹿憶鹿　著

為　愛徒而寫

目次

第一輯　臨溪路或故宮路

第二輯　台北或雲南

第三輯　栗子或茄子

第四輯　圖像或文字

第一輯

臨溪路或故宮路

一路沿著溪流走（代序）

1979夏天，你記得兩件事。考上一所不在自己腦中規劃的大學，父親從南部鄉下先來觀察環境，說是學校門口有一條溪，青山綠水，讀魯迅或胡適都很合適。一條溪是否與文學有關不得而知？只知你以如此薄弱的理由選了一所大學，有溪流經過的大學。

另一件事是，大學第一學期有門必修課不及格。你幾乎討厭所有的必修課，或者你厭棄必修課的教授，他們幾乎沒有專業素養。那個任課的教授後來當了部長，一直在民調中有很負面的評價。你不記得他上課的方式內容，只記得他穿的襯衫、外套，領子、袖口全是油黑的，他有一個也在學術界的妻子。當學者的女人不適合當妻子，不會洗丈夫的衣服？當你也進了學術界，才知當年那個不善長家事的妻子因為多買一雙鞋而被批評，教授罵妻子，有一雙鞋還買另一雙做什麼？新鮮人的你已經開始喜歡高跟鞋，難怪成績不及格。

二十世紀一開始，這個現在臨溪的學校在三國時的吳地創校，公瑾當年，小喬初嫁了，雄姿英發。過了半世紀，遷到小小的盆地中重掛上招幌，名稱是兩千年前就出現的，那是風流人物的如畫江山。臨著溪畔，你開始與東坡深情相遇。

1987讀博士班，修民族神話的課，自此走入神話的繽紛殿堂，日日與老師聊天，買溪畔一個攤子上老頭賣的蔥油餅，師生二人吃著；去南京、徐州、濟南、麗江、大理，看湖光山色，也說生命難堪；去日本，在老師家吃年夜飯，一夥人俱醉，喝酒的，看喝酒的，在異鄉的破曉時分，沒有人神智還清楚。時移事往，人生癡迷如故。

1992夏，從台下座位走上講台，再走入婚姻圍城。契訶夫說：如果你怕孤獨，就不要結婚。梭羅走到華騰湖畔，遠離人群，他說：不是我們愛孤獨，而是我們愛翱翔；當我們翱翔時，朋友會越來越少，到最後一個不剩。

人生，永遠都是在路上，一個人。

路上的風景無限，經過一條溪，據說是雕塑家朱銘的宅邸，在一個土石流隨時會發生的山坡上。會經過摩耶精舍，是畫家張大千住過的家，如果你去過，你會見到畫家身後的紀念館的塑膠草皮，假的草皮與真的草皮幾乎難以辨識，讓人想起那些複製的畫或是仿冒品，也能矇混眾人的眼，與真蹟無異。再過去是一座博物館，原住民博物館，門口有百步蛇的門板，你想起這些日子以來，小黑人、矮靈祭、粟種神話的書一直在你的書架上。

幾乎是每天，只要你一出門就會看到幾千年的歷史到眼前來，毛公鼎、青銅器、璧式鉞、玉琮、玉圭、玉矛，男人喜歡的東西，中外古今，變化不大，戰爭啦！祭祀啦！祭祀也是為了戰爭，體現征服的快感。女人喜歡的東西實際多了，平凡生活的小飾物，紅山小玉豬、鳥紋笄、玉茄子、紅玉髓菱角、黃玉鴨、翠玉白菜、翠玉盒。你當然也喜歡懷素的自序帖、東坡的寒食帖，還有金農的書畫，那像小孩子樸拙的金農，完全回歸到生命原初的淳淨天真，一見就有泫然欲淚的感動。

這條路上，是幾千年來的生命活過的記錄，見證歷史或文明的興替過程，有個世人皆知的名字，故宮。有時，你去故宮只是喝一杯茶，叫上林賦的餐廳，門口有個小魚池，養幾條錦鯉，小孩對隋唐佛像展覽沒興趣，兩個小人兒趴著餵魚。

沿著溪走，有賣香腸的小販，有忙著釣蝦的年輕男女，旁邊停著一輛嬰兒車，車裏的嬰兒睡得極熟，烤香腸的油煙影響不了他。釣蝦場的附近是一個權貴的別墅，有抗議的人們，有面無表情的警衛，櫻花樹開得肆無忌憚，花落如紅雨，警衛踱步到樹下，踩了一腳花瓣，杵在那兒。開在前頭的車主搖下窗玻璃罵著，為什麼要停？攔車的警察聳聳肩，並不理會。

路上無限風景，有時候，你並不渴望進入那個在每本書的第41頁蓋有戳記的圖書館，吸引你的是阿根廷盲詩人波赫士想像出來的〈巴別圖書館〉：有一道螺旋階梯，往下沉落無底深淵，往上直衝雲霄深處。神讓二十世紀最優秀的作家盲眼，似向你宣告，波赫士自身就是一座圖書館，凡愚如你，貪圖的是目睹賞鑑書本的愉悅。《圖書館的故事》書中

臨溪路
LinXi Rd.

寫著：蛀蟲對書的飢渴程度與你一樣。為了怕用情太深，你將喜歡的書讀過就送人。你貪婪地閱讀路上的風景，一條值得深入閱讀的溪流。

我不在家，就在臨溪路70號；

不在臨溪路70號，就在往臨溪路的途中。

景物依舊，人事全非，不值得喟嘆。漂流放逐再回返，人生繞了一大圈，景物全非，人事依舊，那是不忍卒睹的荒蕪。人的傷痛，只有自己懂得。

2006初春於東吳大學愛徒樓

午後素書樓

素書樓是東吳大學最有學術象徵的地方。

這兒原是錢穆先生的家，政客抨擊他佔有公家房子，他二話不說，搬出去，未久，離世。抨擊他的人道了歉，成了國家領導人。素書樓現在是錢穆故居，成了台北市公車的一個站名，與東吳大學並列在一起。因為素書樓，外雙溪畔的東吳大學有不一樣的氛圍。

午後，陽光灑在黃金竹與青楓上，我在院子斑駁的樹影搖曳中想起讀過的文章，青海的一個作家說他將錢先生的《論中國歷代政治之得失》放在牀頭，每晚臨睡前要讀一讀，使自己睡得好。一個有學術高度的學者，他的著作原是可以撫慰靈魂的。

錢先生的家中有很多書，大多是他寫的，或是別人寫他的。《中國近三百年學術史》是剛進大學校園時看的，那時日日經過素書樓，以一種仰望的心情，發出此生無以迄及的喟歎。《中國學術通義》、《四書釋義》、《論語新解》、《中國智識分子》，在討論這些都似早已過時的年代裏，《雙溪獨語》的孤獨是必然的，一切都只能說給自己聽。院中的那張大石椅，錢先生曾坐著吹笛；有個小茶几，是與夫人下棋的；讓人難忘的是一張若有所思的相片，望著遠方，寂寞無人能解的神情。某種高度的人，看到別人看不到的，或是看到的與別人不同，心事只有自己懂得。接觸神話學以後，對歷史似也有不同的看法，有文字之前算不算歷史？看著旁邊的教堂，想起馬克思說的話，神話是人類的童年。人相信神，神才存在；人，創造神。

外頭的朋友來訪，總要一起到素書樓看看。有朋友說他從年輕到中年，一直在讀錢先生的書。

午後，階梯一級一級上去，右邊楓香的葉子落了一地，細瘦的金黃色，葉尖如短劍，葉型美好；左處是一棵橘樹，結的小黃果在很高的地方，每年秋天之前，總會飄浮淡淡的香，白色的小花開著，就在素書樓的牆垣外。有些年輕的學生，從未去注意這幾棵樹，只安分地坐在石階上，不知所云地背誦著手裏影印的一張紙。馬奎斯小說中有一隻鸚鵡，會一字不漏的背《馬太福音》。

院中有幾張木桌，說是要經營個茶坊，許久了，一直閒置著。我一直等著等著，要在這兒喝一杯春天的茶，吃一塊棗泥餅，像似每日午後來向錢先生請益。

研究室與素書樓為鄰，可隨時提醒自己的靈魂，免於，墜落。

72

到錢穆先生家賞楓

到錢穆先生家，為了賞楓。

有時專程到某個朋友家常是為了看花看樹。

頭痛時總會想起一個朋友，因為他有同樣的症候；看到路上賣炒栗子的也會想起他，緣由我們一起在異地開會時好幾日的黃昏總買糖炒栗子吃。我們偶爾見個面喝茶閒聊，或是一起開會什麼的，倒從不知他家何處；第一次去他家是為了看杏花。他在電話中說：門口杏花開了，過幾天要謝，你趕快來。我擱下要寫的論文，要讀的書，再無一事比看杏花重要了，疲憊至極的心情陡地活過來。駕了一小時車，滿樹杏花迎我，以飽滿的冰清玉潔風華；杏花，在午後斜陽下絕塵的美再無花可擬。

看過杏花，喝了一杯春茶，在回程的高速路上，迷途了兩次，誤入桃源的武陵人，找不到原先的路。

杏花美原是因為那是朋友的家，人精彩，杏花就美了。二十年前寫論文之故到過昆明幾次，現在幾乎再無去的念頭，想想或也是因一個朋友，他離開了，昆明再無可看之處。朋友又到杭州，一直想去看西湖的荷花，也是因為人。西湖的荷花終究不再召喚我，因為在杭州的人又走了，像似漂泊的雲。

到錢穆先生家的心情也一樣，為了看那片青楓樹轉成美麗的紅色。每天兩次，清晨與黃昏，看到牆垣外的青楓與月橘樹，就看到素書樓的牌子了，是臨溪路七十二號，我上課的東吳大學是臨溪路七十號，臨溪是臨外雙溪。不管他是否邀請我，偶爾心血來潮，到他家的院子轉轉，有時甚至登門入室到他的書房與臥房。

錢穆先生離家很久了，每年秋天，只有青楓樹自顧自紅著，好像錢先生在的時候。

深秋以後，青楓的綠葉染成紅色，款擺出最美的容顏讓人記得，離枝飄落，化做春泥。

到錢穆先生家，他不在，滿院紅葉無人掃。

有關第41頁的青春愛戀

學生在你的研究室中，百無聊賴地翻著架上的書，吃驚地問起：簽名為什麼都在第41頁？

因為東吳大學圖書館的章都蓋在第41頁。

你曾經猜想，為什麼圖書館的戳記蓋在第41頁？第一個館長那年41歲？他的女朋友生日是四月一日？家裏的門牌是41號？你再想不起什麼浪漫、奇特的理由。

學生不可置信地再翻檢了一下手上的書，《鏡與燈》、《性格組合論》、《過於喧囂的孤獨》、《異鄉客》，第41頁、第141頁、第241頁、第341頁，都有圖書館的戳章。是什麼時候發現的呢？

你是什麼時候發現第41頁的秘密？似乎已想不起來，是在那一兩年寂寥的圖書館閱讀時光中，每日在與世隔絕的書庫中走來走去，像是一個在與高貴靈魂索討智慧的孤魂野鬼；突然在一個春日的午後，發現每本書的第41頁秘密，與此同時，無可救藥地去愛戀一個只能對他仰望的人。

在春日午後的寂寞中，讀張愛玲、卡夫卡、福樓拜，讀著讀著，在第41頁夾上一小張紙片，寫孤絕的心情，寫想念的焦慮，寫要愛不能愛的困境。借書的人都要在書後的卡片上署名，標上年月日。那個穿白色套頭毛衣的男生會讀到吧！

你看到自己讀過的小說正是他剛讀過的，或者，你努力尋找他讀過的書，帶著偷窺的慾望。他不知第41頁的秘密，第41頁只有你孤絕的愛戀。在難堪的黃昏深夜，陪伴你的永遠是被棄擲的心情，像似校園中自生自落的綠葉，沒有枯黃，就已離枝凋落，與泥壤化為一片，不能辨識。你的低聲絮語，他從未見到。

你見過他一次，在一次期末考的教室裏，學校有個18教室，他來監考。在那個最好的純真年歲中，你們來不及彼此認識。

好多年過去，第41頁的往事已然被忘懷，他卻出現了，冬日初雪過後的陌生異地，在你大病囈語時，他焦灼難眠，而且給你承受不起的諾言。人生，有時相見太早，而有時是相見太遲，只能錯過。

他終究讀到一本你先讀過的書，馬奎斯《迷宮中的將軍》，孤獨的唯一補償與救贖是愛情，第41頁上寫著：我已經不是過去的我了。你的青春愛戀，以楓葉為憑，夾在第41頁，你一直將名姓寫在那個角落。

紅燈停下來

一排樹全開滿橘色的花朵，才發現每天經過的路上有那麼多的木棉樹。

下半身樹幹有一半被什麼東西圈圍著，未被圈圍的樹幹則被塗成醒目的白色，遠望過去，像似水泥柱長出朵朵的橘色花來。塗白或圈圍不是為了保護樹，是怕冒犯樹的人受傷。

這條寬敞的、筆直的臨溪大馬路，常有喝醉的人開車撞壞溪邊護欄，或者車子衝上分隔的安全島，整個被卡住，底盤貼在水泥條上，四輪懸空著。有些人幾乎一輩子不曾去注意過交通規則，考駕照時是唯一的例外，在南部大學教書的朋友說校園的木棉樹每隔一陣子就被撞一次，樹幹上尖刺將騎士刺得血流如注。

車子不能開得太慢，雖然路上的木棉花、白千層讓人驚豔，卻有一些隊伍會催促你趕快逃離，有出殯的康樂隊，也有鑼鼓喧天的宋江陣。從來，我不掩飾自己對鬼、神的輕蔑，也不掩飾對沉迷鬼神者的鄙薄；宣稱是本土動畫的「魔法阿嬤」，鏡頭中不是孤魂就是野鬼，不是投胎就是轉世，我看看片子的得獎記錄，有些難堪，原來那是台灣的本土精神。

木棉花過去是一間教會學校。讀葛林的小說《事物的核心》，他在小說開頭引了一段話：「罪人是基督教的中心…… 除了聖人，沒有一個人像罪人一樣能透徹了解基督教的事情。」我想起中學時住過的宿舍，管理我們一群女生的是幾個冷漠的神職人員，所有的熱情全給了上帝，他們變得冷漠。認識一個有宗教信仰的朋友，從年輕時行事完全是宗教家情操，每每讓我們愧怍；當然也記得一個自稱信神的學界中人，倒是濫權、瀆職得很徹底，他一面買股票，一面管教會的鈔票。上帝眼中，人只有兩種：諾亞與非諾亞。我兩者都不是，既不能上船得救，也沒滅頂，只在水中載沉載浮。

經過故宮博物院門口，有人拍婚紗照，新娘撩起她的禮服，腳上趿一雙塑膠拖鞋，紅得嚇人的一雙拖鞋。注視紅拖鞋的當兒，朋友的丈夫打電話來，說妻子早上走了；腦子完全沒反應過來，走去哪兒？十天前突然腹痛，是癌症，動手術昏迷就沒醒。

朋友與自己同年，每天早上也要吆喝小孩起床上學，晚上簽小孩的家庭聯絡簿，她走了。那家我們常去的咖啡館，她不會再去了，以後我只好自己去，她的一個咖啡杯還在那兒。

遇見紅燈，斑馬線上有老太太一瘸一瘸過了街，沒有車子停下來，這是一個人心荒蕪的城市，我幾乎每天在這裏遇見紅燈亮起。車子暫停在學校門口，右前方是一棟有高高圍牆的別墅，圍牆外的桃樹下，一個膚色黝黑身形嬌小的女孩每天專心地在賓士汽車上擦拭著，有時寒流過境，我看到纖細的手在顫抖。燈號許久不換，我仔細端詳那個女孩姣好的容顏，一種淳淨的美麗，讓人動容，她頭一抬，微笑著：Good morning！綠燈亮了，車子繼續在至善路上前行，轉入臨溪路，擋土牆上的雲南黃馨開了小花。朋友死了，在春天來臨以後。

> 四月是最殘酷的月份
> 繁殖著紫丁香從荒原中鑽出來
> 混合著記憶和慾望
> 搖動著把春雨給那遲鈍的根
>
> —艾略特《荒原》

上一個世紀就開始下雨

站在士林捷運站出口等公車，平時絕不會超過十分鐘，今天卻像等了一世紀那麼久。海棠颱風過後的滂沱雨天黃昏，公車遺忘了這一站，讓人懷疑司機一定是走岔了路，或者他等紅燈時睡著了，或者他還延遲昨天的颱風假期，以為不用上班。

我等了又等，覺得在一波波來來去去的黃雨傘、紅雨傘、黑雨傘或熱帶魚雨傘中，頭昏眼花，老了很多年。一整天在雨天的臺北街頭走著，牛仔褲從褲管溼到膝蓋，連上衣都有點汙漬，是走在人行步道被迎面撞來的摩托車濺上的。

馬奎斯小說寫在馬格達萊納河旅行，似乎一直都是雨天，雨從上一個世紀就開始下了。永不停的雨水，使得「生命之河」成了死亡與失敗之河，陰鬱的雨使生活只剩下寒冷、淒涼與孤獨。

好多年了，我從未與一大群人等車、搭車，從未與一群人像土撥鼠般塞在地底下的捷運站月臺上，一起聞女人身上嗆鼻的香水味、男人的汗臭味。從七月一日車子被偷，我開始與這個城市一個個陰鬱的靈魂相濡以沫。

雨天的公車始終不來，也許是陷在遠方泥濘的車陣中。我提著一袋很重的紅蘿蔔、馬鈴薯、萵苣、四季豆、蒜苗……沉得肩膀歪斜了一邊。試著放在車牌旁一個廢棄的小紙箱上，才發現紙箱中是三隻縮成一團的小白貓，連眼都還未開，乾乾淨淨的，像棉花般。紙箱原是寄包裹用的，三張二十五元的郵票還貼著，蓋過郵戳。商店騎樓下的人緊挨著，張開的傘，雨水自傘滴下，滴到紙箱中，紙箱中是一出生就被拋棄的小生命。天地不仁，對生命的棄絕原是如此輕慢。馬奎斯《百年孤寂》中的結局，一出生的嬰兒就被螞蟻咬死了。

上一個世紀就開始下的雨還在下著，車子來了，經過望星橋、劍南橋、大經橋、外雙溪橋。過了橋是有錢人的豪宅別墅，橋這頭是一個瘦得面目模糊的小男人正在找垃圾箱的食物吃。

外雙溪成了洶湧的大河，滔滔流著，傾盆而下的雨使得溪又漲高了一些。在許多雙陌生的眼神中，我讀一篇小說：一個女人在狼狽的日子巧遇婚前的情人，她在熱得可以煎熟牛排的街道上茫然走著，只懊悔那天沒有穿得體面一些才出門。

因為不開車，閒晃、看人、等車、讀廣告，一面思考論文，構思小說情節，竟寫了比平常更多的東西。因為無車可開，出門不易，待在家裡的時間長一些。

山區的雨天很長，雨聲沒有盡頭，不眠的夜裡，雨水流瀉成文字之河。

不一樣的城市

應報社之邀寫王安憶《遍地梟雄》的書評，是一本講上海搶劫汽車倒賣的小說，書很有趣，自封為大王、二王、三王的幾個搶匪每日觀「王氣」，崇拜朱元璋、成吉思汗、毛澤東。《遍地梟雄》的另一個意思是《沒有了英雄》（黃碧端的書），誰說過的，英雄全死在戰場上了。

像馬奎斯小說《迷宮中的將軍》講的，人生的遭遇是一連串的鬼使神差，讀小說之際，我停在門口的小汽車也被偷了。應是竊盜集團所為，我們所住的翠山里在同時間有三部車被偷。不知為什麼，在當時連報案的念頭都沒有，因為知道市井小民不可能像內政部長的賓士汽車被偷在一天之內就破案。而政府不可能有什麼作為，在晨間新聞，才看到謝長廷教我們防止汽機車被竊的「撇步」，行政院長的意思是要老百姓自求多福吧！

車子被偷以後，才發現許多朋友的車都被偷過，在鄉下的餐廳門口吃個午餐，停在門口的車窗玻璃已被打破；去大賣場買個飲料，在停車場車子裏的購物袋已不翼而飛。學校咖啡店的小姐說她的車子被偷過三次，停在新莊家門口；兒子同學家的車子被打破兩次玻璃，音響被偷過，行車電腦被偷過，有一次竊賊沒敲破車窗，只偷了輪胎，再用磚頭墊著。

沒有車的日子裏，走在陌生的城市街道上，心裏有一個奇怪的感覺，這是一個不一樣的城市，從來都不是我熟悉的。

每天早上，背著一堆資料上學校研究室，什麼焚化爐回饋金送的鮮黃色大購物袋，裝著學生的報告、圖書館借的書、待審的論文；在大太陽下沿著外雙溪走著，一面看著從大學時就在那兒的溪水，原來溪裏有一群群的吳郭魚，有的看起來一兩斤大，總有幾個光著上身、曬得黝黑的男人在垂釣。七八月的操場，沒有學生打球、跑步，雜草長成半個人高，白鷺鷥悠閒地在草間走來走去覓食，不怕有人打擾。走在熱得可以煎蛋的柏油路上，才發現又新開了一家牙科診所和咖啡店，而賣簡餐的一家店換了一個俗不可耐的店名，招牌像是色情理髮廳。

下小雨的黃昏，我提著在超級市場買的大包小包，優酪乳、鮮奶、玉米片、甜桃、鳳梨、小白菜、豆腐、小黃瓜、烏腳筍、青花菜、美洲白蝦、白鯧魚……過斑馬線時，差點被闖紅燈的摩托車撞上。幾次以後，得了經驗，名為至善的這條又寬又大的馬路上，十字路口只要沒有警察，騎摩托車的人很少會在紅燈時停下來，每次過斑馬線，我總有一種逃難的心情，甚至是赴義的心情。

沒車開的日子，我走在每一條大街小巷，像是闖入他鄉異界；搭公車時，望著外面的商店行人，有前所未有的新鮮感，這是一個不一樣的城市。

今天去買花

要過春節的前兩天，決定去買花。所有傳統的味道都已蕩然無存，買點花安慰自己過年的心情似乎是必要的。我開車往內湖的一條路去，前些日子還可以暢行無阻的道路如今動彈不得，像似陷在泥淖裏再掙脫不出，稍一往前移動，前後左右的大車小車公車摩托車自行車就貼上來；我想起一個朋友，她辭去教書的工作，專心在家學習如何與焦慮症相處，她不能出門，一出門就覺得路上每輛車都有輾斃她的企圖。我的眼中看不到其他駕駛人的意向，只看到許多車子試圖與我交談，信上帝的人有福了，南無阿彌陀佛。

上次去買花是給馬健君老師，為了感謝她來我上課的班上演講。健君老師為我們講電影〈時時刻刻〉，一部很精彩的影片，她介紹吳爾芙的作品《戴洛維夫人》，介紹意識流小說的特色。在那次的演講中我的思緒一直想起二十年前的健君老師，我是大學二年級的學生，去旁聽她的課，也去聽柏老師的英詩朗誦，有如天籟，她們夫妻是一對璧人，有一個可愛的小兒子，在校園中走著，會與一輛嬰兒車偶遇，啊！人間的完美幸福莫過於此，那是年輕的自己對愛情的憧憬。柏老師病重，所有的驚愕還沒回過神來，他就離開了。我還是大二，校園仍是擁擠喧囂，日子卻是寂寞又寒涼，彩雲易散琉璃碎。人生，也許有所謂情緣，馬鹿情緣，大學時期為柏老師離世而斷腸的室友也姓馬，她一直與我情同姊妹。十幾年前在北京一見就如同家人的教授也姓馬，她十幾年來對我的學術視野提攜有加，護愛勝於嚴師慈母。與健君老師也有如本家同姓，不是有句話叫「指鹿為馬」？馬老師在台上說戴洛維夫人今天要去買花，甜甜地笑著，二十年前的笑容也是一樣，啊！花樣年華的二十年前。

我終於到了花市的停車場，恍如隔世，千山萬水顛躓而來，一個容身之位都無。我又顛躓而去，連片葉子也沒買成，只買到一個路邊攤賣的饅頭，犒賞空虛的胃。

過了兩日，在天色未白之前，我偷偷摸摸地又去買花，一路上只有清理市容的人，安寧得出奇，讓人覺得陌生，像似誤入從未見過的世界。我狠狠地大買特買，好像要囤積鮮花去逃難，兩大把滿天星，一大束紅玫瑰，跳舞蘭、大理花、薰衣草、鬱金香……終於，我滿足地過了一個花團錦簇的春節。

蝴蝶

小蛇目蝶

張愛玲的炎櫻語錄：每一個蝴蝶都是從前的一朵花的鬼魂，回來尋找它自己。

有一陣子，報紙、電視爭相報導那個有蝴蝶的地方，偏僻、鮮有人知的小地方一下子沸騰起來，馬上家喻戶曉。原來翩翩飛舞的成千上萬花蝶更起勁了，使出渾身解數地舞著，要舞出更燦爛、繽紛的春天，要讓那些去欣賞她的人永生難忘，難忘她人間不能見到的美麗。

搬到外雙溪山上，偶爾會有驚「蝶」一瞥的幸運，甚至會瞧見雙蝶穿梭花叢，在黃色的絲瓜花心或橘色的金針花上短暫停留。一黑一白的蝶總令人想起那個古老的淒豔故事，梁山伯和祝英台終於在來生能夠結成姻緣。

陽台的盆栽長了小柑橘，柑橘掉了，在濃綠的枝葉間有一個包裹成橢圓形的綠，再看，還有兩個橢圓的捲狀葉藏得很隱密，仔細端詳，那是蝶卵化成的幼蟲，不是橘葉，她偽裝成枝葉的一部分，努力地攝食嫩葉，準備變成繭蛹化蝶飛去。

柑橘上的蝴蝶幼蟲貪婪地啃食，要長成原來尺寸的好幾倍，一整株的葉片似有可能剩下枯枝。大部分的蝴蝶都很執拗，如果沒有適合的植物，幼蟲就是餓死也不吃其他種。相形之下，雜食性的人類似乎很能苟活。

蛹化了蝶，是一隻美麗的黑色鳳蝶，在客廳中飛了一下，飛出窗去，去尋覓短暫的春天。

第一次注意到蝴蝶，是讀了喻麗清的《蝴蝶樹》，對蝴蝶那樣短短一生用來飛越千山萬水驚詫不已。有些姬紅蛺蝶遷移的距離可達一千公里，而遷移中的大樺斑蝶一天可以飛行一百三十公里。與蝶相比，人似乎視野很狹隘。

吳明益的《迷蝶誌》、《蝶道》將對蝴蝶的書寫推向了顛峰，是真正文情並茂，圖文對照。他說蝶能嗅到一公里外的花香，蝶也以嗅覺追逐愛情，獨特的認知使得黑脈樺斑蝶不致吸引黃裙粉蝶，黃裙粉蝶不會對琉璃帶鳳蝶亂送情意。每隻蝴蝶都有不可取代的唯一的愛。

終於，我見到傲視人間的美麗，是毫無挑剔的絕美，在另一群斑斕的蝴蝶上。

陽光極為耀眼，如果沒有喧鬧的車聲，我會疑心市區公園內的青綠是座森林，樹影婆娑的，令人有些心蕩神馳。我走進博物館，利用中午的空檔，為了看報紙上刊載的書畫篆刻展。

展覽會上人潮擁擠，花籃排了一地，乍看以為販售鮮花。走進另一邊，門口寫著昆蟲展之類的。

從來，沒見過那樣的蝴蝶，美得令人怵目驚心，一排排地掛在牆上，我整個人都痴了。

寶藍的大琉璃鳳蝶，金綠的鳥翅鳳蝶，還有麝香鳳蝶、曙鳳蝶、銀翅大鳳蝶、小型玉帶摩爾佛蝶，闊尾鳳蝶的另一

台灣琉璃小灰蝶

個名字是國蝶……五彩繽紛的標本，展示她們永遠的美麗，除了覺得昏眩，腦子一片空白。

怎麼會呢？薄紗的翼翅，寶藍、鵝黃、鮮綠，那種美令人震撼，驚艷的感覺都不足以形容。是一種今生只為見她一面的無怨無尤，無憾無恨。

蝴蝶的一生只為一剎那的美麗，只為一個春天。

以在中學時感到羞慚的生物學知識去查一些書，為了知道蝴蝶短暫一生。

蝴蝶和蛾都屬於昆蟲綱中的鱗翅目，意即翅上覆有鱗片的昆蟲種類。鱗翅目已知的種類約有17萬種，分為蝴蝶與蛾兩大類，其中蝴蝶只有百分之十，大都是蛾。天生美麗難自棄，我們只注意那百分之十的蝴蝶。大多數的蝴蝶色彩豔麗，在白天飛舞；蛾則翅色暗淡，喜歡於晚間活動，也有少數蛾色彩鮮豔，在白天活動。令人好奇的是，在白天飛行竟與顏色鮮豔有關。

當蝴蝶著陸攝食或休息時，很容易遭受襲擊，因此停下時，通常只露出翅的腹面，腹面的圖案具有偽裝的功能。相反地，停下時，蛾放心地將翅展開或平疊在軀體上。蝴蝶從幼蟲到成蟲一直努力偽裝不讓人看見，與許多昆蟲一樣，而人是終其一生都在努力，唯恐別人不知道、不注意、不欣賞。

也是在這條溪畔來來回回二十五年了，蝴蝶才讓我不小心撞見。沿著溪走，臨溪路、至善路、故宮路、中社路、明溪街、翠山街，蝴蝶飛著，春天來了。

黑脈樺斑蝶

葉落的美麗姿勢

秋日午後，沿著外雙溪畔，車子前進，有風，樹上的葉子紛紛落下。

所有的樹似乎都約好了，秋天一到，葉子一起凋落，為美麗的季節畫上美麗動人的句號。

羊蹄甲的葉子安睡在門前的石階上，葉型有的完好如初，與在樹上時無別，甚至還有些綠意盎然的顏色。原來，秋天來時，不管樹葉是否轉黃，終究是要落下的。葉落，像似回應大地的召喚，以一種實踐諾言盟誓的堅貞，莊嚴地赴約。羊蹄甲旁是一排櫻花樹，葉子舖天蓋地落下，冬日一來，要以素面相見，乾乾淨淨地全是枝椏，好整以暇等待春日，綻放滿樹紅豔。葉子不能不落，只有葉落才能換得花開。

小山坡上兩棵三角楓是從較高的山裏領回來的，與研究室外的青楓、楓香像是孿生，美麗的不是花朵，而是秋日的一片片葉落，落葉並不枯黃，帶的是將秋日染紅的微醺顏色。楓葉有另一種情思，像不能言說的愛情，被夾在書頁裏，偶爾翻及總要想到秋日的一段初戀。

剛下台的一位高官，以落葉形容自己的心境，什麼落葉不一定要歸根，是要發新芽。不久前讀劉再復的《共悟人間》提到，男人的世界永遠是「仕途經濟」；經濟二字與經世濟民不相干，只是要權勢名利而已。官場就是如此，蒙主寵幸的人忙不迭地表示效忠，被迫下台的另謀東山再起，扯到落葉，似乎是玷污了乾淨的植物界。

Leo Buscaglia的書《一片葉子掉下來》，寫一片葉子的抽芽、成長、金黃、凋零，由此來解釋生死是大自然的現象。春天變夏天，夏天變秋天，樹葉遵守著季節的變化。

人哪能與樹木相比？樹木知曉季節更替，掌握落葉開花結果的氣候秩序，人何嘗懂得。不該上台的人上台，該下台的人卻不下台；所謂清流的學術中人也一樣，已下台的系主任以為他還是系主任，台上的系主任卻只擔一個虛名。住家附近有個下台權貴，權傾一時，誤以為一剎那就是永恒，怕人遺忘似的，三天兩頭就要發言開個記者會什麼的。冬去春來，夏去秋來，櫻花開，杜鵑開，木棉開，自開自謝，視而不見的人只熱中於政治權謀，絲毫不能領會大自然的變化。人，不如一棵樹。花謝葉落，造物主的本意原不能隨著自己。

詩人說過，生時麗似夏花，死時美如秋葉。人，不一定要知道花開的燦爛，卻要知道葉落的優雅。優雅，是更難的境界。

有風

女兒將頭揚起，用手去梳她的髮，希望吹來的那一陣微風能讓頭髮飛起來。她很高興，夏天到了，有陣陣的南風吹起，樹下會有鳥叫蟬鳴，那是歡樂，可以又叫又吼的夏天，紅通通的臉蛋，汗滴著，樹蔭下很清涼。

研究室所在的愛徒樓邊一棵小葉欖仁，一個新鮮人模樣的女孩，乾淨純潔的一張臉，長髮挽到腦後，用一隻筆當髮簪插著，在那兒乘涼吹風，好美好年輕的容顏，讓人想起日本人叫花的名字，朝顏，朝陽下的臉。

也是有微風的夏天，自己剛剛是年輕的講師，與一個認識不久的男孩在大學校園的臺階舔冰淇淋，幻想不知能否實現的未來，憧憬不太實際的愛情。那個人沒頭沒腦地說了一句：「我們是一對金童玉女」，氣氛頓時有些尷尬，不知如何接續對話。那是青春的甜蜜。

我回去十八歲時，日日閒步於依依楊柳的溪畔，見到那個年輕的教授，出入實驗室，腋下夾著一本我不會懂的科普原文書，有那樣一種可以澄清天下的自負，他參加過什麼保釣運動，臉龐猶兀自有著桀驁不馴的神情。在有風的盛夏，楊柳依依，我傾心於他有的知識份子的熱情。

然後，我回去澎湖的海邊，南風夾雜海洋的鹹味，兒時記憶中，鹹味中有苦澀的焦躁，我極欲擺脫那片汪洋，想乘著風，像鷗鳥一樣，飛得遠遠的。十歲的背一個冰筒的自己，落寞地舔一根冰棒，冰棒是賣了兩天都未賣出，有些化了，軟軟的，在夏日南風的吹拂下，溶得更快，一滴一滴流淌著，一身都是，黏黏的，始終讓人不舒服。澎湖的颱風似乎很多，在夏日的狂風暴雨下，看著大片落地窗外的白浪滔天，只想到賣不出去的幾十枝冰棒，心情很沉重。

女兒說她喜歡夏天，因為可以吃很多冰淇淋；女兒做的最嚴重惡夢是，有一屋子的冰淇淋吃不完，很煩惱，不知怎麼辦？

而我仍喜歡有風的夏日，開著車，慢慢行過長長的溪畔，停在任教校園的角落，可以很清楚地見到那一排柳樹，景物依舊，我未忘記對那個年輕教授的傾心，一直在抗拒世故。

太陽底下

星期天起得很早，因為臥房大片的玻璃窗進來一室的陽光，太陽底下有許多愉快的事。

在樓下散步，滿地是櫻花樹落下的小果實，樹上有兩隻松鼠跳著叫著，忙著啃食他們的早餐。夏季，來了。有松鼠出現必定是一早就艷陽高照，立即上樓去洗被套、床單、枕頭套、桌巾……。屋頂上曬滿所有可以曬的東西，浴巾、毛巾、抱枕、冬天棉被、枕頭、大衣、球鞋……有個晴天，不忙任何事，只想賴在家，將所有有霉味的，很少曝曬的衣物全攤在陽光下。從窗子望出去，連樓下鄰居收留的流浪狗也跑到馬路上，滾來滾去地曬太陽，曬他一身的臭味。

等著太陽的烈焰消失，也預防著突然陰天細雨，隨時注意時間移動，隨時觀察上空雲彩；曬得又乾又燙，再將所有的衣物搬回屋裡，擱滿了整整兩張床。兩間房中充滿著陽光味道，那味道不似除濕機、烘被機、烘乾機處理過的味道，太陽曝曬過的是一種暖暖的，有如小時候衣裙掛在鄉下院子中的味道。長大後，熟悉的味道都是都市陰冷、潮濕的風漬，讓人懷念那種原始的曝曬過的溫暖。

冷氣房、電腦桌已成了大部分人的生活重心，很少走在陽光下，陽光下紅通通開聲朗笑的總是幼童，他們還會在烈日下跑著蹦著，或蹲在那兒看一個小蟻窩。朋友說，她怕太陽，她在白天把窗簾拉下，屋裡常是陰暗暗的，而出門一定撐著傘，戴墨鏡；她連愛情也躲在黑暗裡，她愛的人不能走到光天化日下。憂鬱症，一身是病痛，需要曬太陽才會好，她說。

屋子裡的幾盆植物雖有窗前的陽光，卻也總顯得顏色憔悴，沒隔幾日就要搬出戶外大曬一番，像似召喚，生命力又重新煥發，飽滿的葉，大朵的花，陽光神奇地灌注養分。

想起童年的海邊，沙灘上滿是光著上身曬得黝黑的小孩，還有一排排、一串串的魚乾、海菜，正在曬太陽的還有蕃薯簽、蘿蔔乾、高粱米。太陽可以殺菌，那時的日子很少人會憂鬱症。

家中最奢侈的地方在廁所，能見到十五的滿月，就在樹梢上，浪漫得很。而白天，太陽斜著進來，像似徵詢允許的姿態，能看到窗台上斑駁的樹影；蝴蝶在陽光下飛著，坐在馬桶上的小兒子望得癡了。

過敏

也許是因為感冒著涼，也許是什麼其他原因，講了三個小時的課後，聲音完全啞掉了。教書的人聲音沒了，一想就比斷了手瘸了腳要嚴重，再不能講課，朋友提供的各式獨門秘方全上了場，喝了金桔蜜棗茶，喝了膨大海羅漢果茶，吃了八仙果、川貝枇杷糖。折騰了幾天，什麼不舒服的症狀也未發生，天氣好了，陽光普照，聲音恢復，體會自己原本不美妙的嗓子有如黃鶯出谷。

醫生說不是感冒，是過敏，鼻子過敏。長期鼻塞、鼻炎，晚上睡覺時因為鼻塞而張嘴呼吸，喉嚨乾澀，連聲音都受了影響。姑且不論醫生推測得對不對，的確，鼻子過敏是長期症候，尤其，寒流來了，簡直苦不堪言，噴嚏、鼻水使得自己一夜無法成眠。醫生又說，會讓人過敏的不只是氣候，也有灰塵髒污。誰說不是呢？當自己知道熟識的同行竟然改了研究所入學考的成績，氣得一個月不能入睡，只覺得與髒亂為伍，每天頭昏眼花，喘不過來。的確，髒污會讓人過敏，好像專有名詞叫塵蟎，是一種害蟲吧。

過敏變得越來越嚴重，出門時偶在一些場合見到那個熟識的同行就會發作，甚至導致大腿痙攣、臉孔發白到要休克。在研究室，助理以為我要死了，堅持要叫救護車。當然，可能有些人也會成為別人的過敏原。家中的小孩就會對有些貓狗過敏，稍有接觸，眼睛就腫得像似核桃，到醫院急診卻又立刻沒事人似的。而大部分的貓狗並不讓人過敏，與他又摟又抱又親，啥事也不會發生。原來，只有些特定人會讓人過敏，就像只有些特定貓狗會讓人過敏。

車子到了例行檢驗的日子，一早就趕去往常習慣的那家檢驗廠，不得了，排成一長龍，邊緣還有一些等著強行插隊的車，大概當天驗不到了，等得不耐煩的人已開始鼓譟、詛咒。想了一下，轉去一家五六公里遠的僻靜檢驗廠，竟然空無一人，我是唯一。三分鐘就檢驗過關，顧不得已吃過早點，我開心地又去吃了一頓，拿鐵咖啡、薯餅、白煮蛋，再一份燻雞三明治。轉了一個方向，是一個不一樣的情境。

醫生說慢跑是治療過敏的最佳妙方，去跑了一圈又一圈，鼻塞的確不藥而癒。似乎，那是一種轉移，轉移是一種遺忘。在只顧往前跑的過程中，什麼都忘了，忘了所有人事的不愉快，忘了一切生命中的愛憎；往前跑著，只看到路旁的柳條，只聽到溪畔的風聲，我忘了屬於我的過敏。

只有開場白的小說

你曾經是別人的情婦。

哀綠綺思說：蒼天為鑑，我寧可當阿伯拉的情婦，也不願嫁給統治天下的君王為妻。哀綠綺思完美實踐了情婦無佔有慾的愛，她是偉大的情婦典型。然而，你從不認為有女人可以無慾求、無怨尤地扮演情婦的角色。對當情婦的女人或有情婦的男人來說，情婦是一個禁忌，禁忌本身就很誘人。

那是生命中的初春，桃花含苞著，微雨的午后，相遇。去喝咖啡、喝蓮子湯，在他位於桃花渡的小屋深談，談到很深很深的黑夜，然後自願溺斃於黑暗中，不想看到黎明。孤寂的靈魂越形孤寂，不能相濡以沫，各自像砧板上的魚掙扎著，誰也無法成為誰的江湖。道別，就是一大片汪洋了，遙隔，音塵絕。

不知道他有否綿綿的思念？而你，自己多年來記憶偉岸形軀下的滄桑悲涼，記憶一次相見後整晚的無眠，記憶小屋中的溫柔光暈，記憶送行時的欲語還休……如見平生知己，一面竟似永訣，只依稀記憶返家路途上潰堤的淚。找不到回家的路了，迷途不能返……

不停地告訴自己，要傾心付出，勇敢接受，然而是不是有一種情，怯於付出，不能接受。不敢舉足狂奔，一步總要一回頭，最終，自己立於原地不動。羞澀的青春停格，歲月倏忽而過，多年前夢幻的邂逅又到眼前來。

刻意給彼此安排一個哀樂生活的奢侈，經過千山萬水，只為了一個晤面的擁抱，相逢竟似恍如隔世。所有當初的心情都難以回顧，不能啟齒。

原來人生每一次都是錯身，每一次的晤面都像永別。

也許你對情婦這個角色比任何人體會深刻，可以寫一個與情婦有關的小說。許多的人物你應該都認識，他們都是報紙上的名人，有人還申請什麼研究專利的。會有人喜歡對號入座，使你很開心，表示有人在讀這篇小說。

你要寫的這篇小說，用的題目是剽竊自卡爾維諾《如果在冬夜，一個旅人》，反正大家都詐騙竄改偷竊成風，在寫這篇小說的時候，你一面在瀏覽一本八卦雜誌，一個大學教授為了她的女助理改了博士班入學考試成績，這個女助理在男所長任內的碩博士入學考試都是第一名錄取。八卦雜誌訪問落榜的有點奶油味的男考生，男考生正在讀從廁所牆壁上撕下來的情詩，所長寫給女助理的情詩。「我將近六十年乾枯的生命，因為你的滋潤，此刻才甦醒，我像讚美上帝一樣，呼喊你的名。」那個看起來有點嗲氣的男考生說，他好喜歡所長的詩，所長口試問問題時好性感。

你現在正寫的是《如果在春天，一個情婦》的小說，春天是你喜歡的咖啡館的名字，你在春天咖啡館知道所有相關情婦的故事。

讀一本小說不必太認真，可以一邊喝咖啡一邊讀，也可以一邊聽張惠妹、周杰倫的歌一邊讀，或者跟朋友聊天的空檔隨意翻翻，或者蹲馬桶時瞄兩眼，不必太嚴肅的。

小說在中國自古就是難登大雅之堂的，所以稱「小」說而不稱「大」說；現在則是買本小說可以送保養品或參加抽獎送機票、送T恤，而有的小說家的養成過程也像通俗小說情節，她因為丈夫有外遇而離婚，離婚的妻子寫前夫的性癖好而躋身暢銷書作家之林，順便成為女性主義者。而你，對春天裏始終在癡癡等待的情婦感同身受，就像宗教慈善家發願一樣，立志寫一篇關於情婦的小說，為自己救贖，也幫讀者解悶。

幾天後，你的情婦小說寫得一團糟，寫得如晚餐後的電視肥皂劇，你焦躁不安，覺得自己到了窮途末路，連唯一的謀生糊口能力都失去了。雜誌社的編輯不停地催稿，要你把情慾的部分寫的露骨一些。你覺得自己即將在大庭廣眾下表演鋼管秀挑逗讀者，嚴重的失眠，看醫生、吃鎮靜劑都無效的情況下，你希冀赫拉巴爾拯救你，他寫的小說吸引你，是你最近失眠夜晚的最大慰藉。他說如果他曾寫出了什麼像樣的東西，那都是別人說過的話，他實際上只是小酒家和小飯館顧客的扒手，行為彷彿和偷了他們的衣服或雨傘一樣。

赫拉巴爾的自傳體三部曲藉助他妻子的角度來寫自己，你讀著讀著，幻想自己是赫拉巴爾的情婦，可以從他身上盜取寫作的魂魄。你有時也幻想自己是楚威格心中的陌生女子，寫一封纏綿的信給他。

你改寫一個去看精神科門診聽來的故事。有個博士自小的志願就是當總統，他很有抱負，志願始終未改換，得了博士學位後，仍想當總統。「一出去大家夾道歡迎，喊總統好，聽了心裡很爽。」他對家人說。

「你們要說總統好。」他每天去搭捷運，在車廂中重覆跟每個人這樣說。

「你們想不想當總統？」他在麥當勞對正吃著甜筒的小孩問。

車廂、速食店、公園中的人都不聽他說話了，他說給自己聽：「我很喜歡當總統，大家都喊總統好，聽了覺得很爽。」從小喜歡背唐詩宋詞、老子莊子、論語孟子的博士到處滔滔不絕地宣揚他的偉大志向，做著他可以有專機、買股票一定賺的春秋大夢。

畢竟，這樣寫赫拉巴爾式幽默的小說並非易事。你又回來寫情婦的小說，原來，曾經的甜蜜一直是你難以釋懷的。

你每天都很忙碌，忙碌得忘記人生空白太多。有時開車在台北街頭，為找一個停車位忙個把鐘頭，下車去買瓶優酪乳，車子被拖吊走了，花三千元去領回來，再用一個鐘頭詛咒這個政府蓋的停車場太少。有時隨便在附近閒蕩，看看正在含苞的櫻花樹，或擋土牆上的雲南黃馨，如果閒極無聊，就偷採幾枝黃花去送常為你煮榛果咖啡的小姐，再彎到書店去溜溜，書店賣的大都是大學生的工具書或一些亂七八糟的星座、八卦、旅遊雜誌。

對一個四十歲的女人來說，除了當情婦再無特別的的嗜好可言，到底算不算是一種執著的幸福。然而，你也不知道如何使自己更快樂或者更美豔，沒有人會給你錢，你只能常去買單一特價的衣服。你認識的男人是既無權也無錢，你不清楚自己貪圖什麼，常在每一樁愛情的結束後見到男人的委瑣，也許，你從未真正愛過他們，你愛的是愛情本身，在每一次的愛戀過程中，你覺得人生會有很多可能，自己與一般女人不同。

然而，你與所有一心以為有鴻鵠將至的女人沒有不同，而男人也都是一樣的，從亞當把唯一的肋骨給了夏娃以後，男人就得了軟骨病，他們與你上過兩次床後，又鬼鬼祟祟地逃回他自稱已經腐敗的婚姻裏，而他的正宮夫人則出來宣稱相信丈夫。你努力在學習，學習認清男人，認清愛情，或者真正了解自己的角色。

有時，你也進去圖書館借兩本張大春的小說來看；有個長得嬌滴滴的女孩也喜歡選你慣常坐的窗邊位置，她灑的香水每次都讓你打瞌睡，你對很多牌子的香水過敏，一過敏就想睡覺。你一看就知道那個女孩現在是男人的情婦。有一次，你果然在圖書館關門以後看見中年男人來接她，他們在咖啡館昏暗的燈下旁若無人地擁吻搓揉，女孩不認識你，他們專心地搓揉對方，不知女孩的鮮紅唇膏會不會印得男人一身。你已經想不起來，以前你是不是也那樣投入去愛一個人，只想把彼此咬碎吞食。

這家咖啡館取名「春天」，你偶爾會去幫忙端一下盤子，因為美艷的老闆是你高中同學，她有個菜市場名字叫秀美，我們都說她長得秀色可餐，大家就都叫她可可。可可有一頭看起來嫵媚的長髮，每每挽起來就透出白晰性感的脖頸，無以名之，你笑說只能稱狐狸精。狐狸精是對女人最高的評價，可可說她這一生對此夢寐以求。

你讀過兩個月的植物系就休學，又讀過兩年中文系被退學，休學與退學的原因都是一樣，討厭學校，學校中的偽君子比菜市場多，在菜市場你頂多被坑掉兩根蘿蔔的價錢，在學校被騙掉的是你一生的價值觀。不過，可可仍堅持你比較有文藝氣息，她與你討論過咖啡店的名字，本想取什麼洋蔥、芥蒂、薄荷，不過都有人登記了，還開連鎖店呢。後來就叫春天了，你馬上想到滿園春色關不住的話，覺得如果咖啡館取名情婦也不錯。

咖啡館在溪邊，溪的對岸是一所大學。客人幾乎都是那所學校的學生和教授，大半的教授都與可可熟識，她會特地為人做店裏供應的餐點，有一個單身的教授晚餐時都來吃凱撒沙拉，他教可可如何看色情光碟，他說看璩美鳳的光碟也是修行的一種。你要可可勾引他，反正，曠男怨女湊合一下。可可恨恨地說，那個教授吃水果素，是學佛的人，他向她求婚，說反正人生就是做功德，一副普渡眾生的樣子。啊，婚姻也算是一種慈善事業。

可可專科畢業，以同等學歷考研究所，總分第一名卻落榜。那次入學考的作文是系主任出題閱卷，大部分的考生都因作文不及格而落榜。系主任的助理是榜首。

可可從那時開始就在咖啡館工作，接著就頂下咖啡館當老闆。

你去喝拿鐵咖啡時遇見一個教授，一個自認風流倜儻、會作詩會對對聯的教授。可可說那個人買股票賠成了斷頭，後來只好到處吸金，口試任何領域的碩博士論文，爭取所有考試的閱卷，讓研究生當童工做電腦軟體。學生說他的選修沒人選，他就改成必修課。你不能不認識他，因為他常以所謂國學大師的姿態出現在電視裏要拯救眾生的中文程度，最近的一次是內閣閣員用錯了成語，記者訪問他的看法，你看到那個教授露出一貫以上帝自居的神情，信我者得永生。

你去喝榛果咖啡時遇見另一個教授，他在教育界有名，不是因為教學優良，而是愛講黃色笑話，工讀生叫他Mr.Yellow。大家盛傳他的教授升等是自行送審，審查委員是他的哥兒們，而論文是別人捉刀，因為他二三十年來幾乎不做研究不寫論文，只忙著搞人際關係。

坐在咖啡館看著窗外，不遠處是男孩正在打球的籃球場，陽光下，黑黝的膚色沁著一顆顆汗珠。更近一點，兩棵南洋杉的旁邊是一排停車格，其中一輛還算豪華的陳舊進口汽車，你認得，是一個國家文學博士的車子。那個博士曾在不久前被一個主持廣播節目的小說家指名道姓消遣，說他沽名釣譽、不學無術。據說他自稱是讀過一半四庫全書的博士，四庫的一半是二庫，學生私下叫他二庫伯。二庫伯的學問很好，連他家的鸚鵡學問都很好；他訓練鸚鵡背古文觀止唐詩宋詞，甚至，鸚鵡學會寫對聯，會對偶押韻，並且將〈長恨歌〉背得滾瓜爛熟。《紅樓夢》也有一隻鸚鵡，與二庫伯的鸚鵡有共通之處，會背詩詞，都是喜歡讀書的好鸚鵡。鸚鵡完全是林黛玉的翻版，當黛玉問紫鵑是否添了食水，鸚鵡也學著黛玉平日吁嗟音韻，長嘆一聲，念道：「儂今葬花人笑癡，他年葬儂知是誰？」

你一直懷疑，那隻鸚鵡是從馬奎斯家偷來的，他會以西班牙語和法語背「床前明月光」。榮耀歸於上帝，鸚鵡常在學術會議的場合迎接貴賓，他會說「主任，主任，大情聖。」也常說「你是我的芒果汁」。鸚鵡喜歡吃愛文芒果，有一次他飛到芒果樹頂，一面大啖芒果一面碎碎唸：「對楊教授感恩，退休以後要給他客座，這是一定要的啦。」二庫伯聽到鸚鵡喃喃自語地爆料，趕緊爬上樹去，為了捉鸚鵡，他從梯子上跌下來，當時鸚鵡正大喊著牠的口頭禪，「讚美主」，「讚美主」。

魯迅說知識份子的思想一墮落就慢慢變成流氓，而政治一衰弱後流氓就得了機會變成帝王，最有名的就是劉邦和朱元璋。可可說，流氓一心向學以後也有可能成了教授，這是好的勵志題材；不過，可能社會上的人並不了解，教授也有可能是流氓的，這不是流氓教授，而是教授流氓。

咖啡館外常常是幾個年輕的助教圍在一起吞雲吐霧吐苦水爆內幕，煙蒂隨手丟在旁邊的花圃，花圃的樹下立一塊牌子，本校地處山區，各種蛇蟲鬼神出沒，請大家注意安全。你看看遠方教堂的十字架，與上帝接近，聖人完人很多，假上帝之名，眾生必將得救。

「系主任連檢查研究生的標點符號都算必修學分，可以領鐘點費，他會指導學生如何圈標點符號，要用萬寶龍鋼筆比較好，圈圈要畫得很圓，要順時針方向。原來的主任當了兩任沒有報告過財務狀況，沒有課程委員會，沒有試務委員會，所有的口試、筆試、審查的委員名單全是主任說了算。其他的老師也不會有意見，有的是可以分一杯羹，有的是怕論文外審時被整。啊！我們是朕即國家，主任即系。」

「我們所長很少寫論文，沒研究生要讓他指導，他口試大部分的博碩生學位論文，他說有博士學位的人應該每一個領域都懂。當然啦，有人會請教愛因斯坦不孕症的問題，他會說因為夫妻沒有讀相對論；諾貝爾化學獎得主省思教改問題當然錯的是別人，因為其他人沒讀過化學，沒做過實驗，不知十年教改只是實驗。上面的人官大學問大，要怎樣我們也無可奈何。」

每天下午都來喝咖啡的女教授說她上星期才離婚，前夫投資欠了一千多萬。女教授是女權主義者，她永遠在罵男人，不喜歡穿裙子，痛恨高跟鞋。

「男人不能許諾你的未來，他可能自己都沒有未來呢！」她不屑地撇著嘴說：「男人不會給女人許一個未來，我們系上倒是出現喜歡私下許諾的主任，他許諾女學生讀碩士班、博士班、許諾工作，我們叫他永遠的許主任。」

「我們系上那些自稱學問很好的男人其實是很自卑的。我到學校十幾年了，選舉任何代表全是私底下運作，一碰到聘用人事就私相授受，每次都有口袋人選。」

「以前的女人為了博得寵幸，充其量不過出賣肉體；現在的男人為了權或錢，賤賣的是靈魂。沒有靈魂的人要提倡心靈改革，道德淪喪的人要舉辦德行楷模比賽，滿腦權謀的人每天喊著愛百姓。」

窗外的櫻花樹已經開過，換替的是紅豔的杜鵑和高挺在半空中的橘色木棉；春天了，你的心情很低落。

小說寫不下去了，鼻子過敏越來越嚴重，長期鼻塞、鼻炎，晚上睡覺時因為鼻塞而張嘴呼吸，喉嚨乾澀，連聲音都受了影響。醫生說是花粉熱，簡直苦不堪言，噴嚏、鼻水使得自己一夜無法成眠，小說終於宣告夭折。

你的所想全是虛幻，努力都是徒勞，弒父娶母的伊底帕斯王最後剜去雙目，原來盲目與有否雙眼無關。悲劇果真是一種宿命嗎？把一切歸諸宿命遠比承認自己盲目無知容易多了。你讀到《伊底帕斯王》的最後一句：當一個人生命尚未終結，沒有最終擺脫痛苦和憂傷之前，不要說他是個有福的人。伊底帕斯王的悲劇也成了你的悲劇，你失眠了一整個春天，黑夜如同煉獄。

在失眠的夜裡，你總站在窗前，看著外頭街燈下的售屋廣告，本地人文薈萃，學者博士首選，福地福人居。上帝說要有光就有光，街燈下，野狗野貓很多。

你相信上帝，更相信尼采。

臨溪路70號獨語

不把標題稱臨溪獨語，是錢穆先生有一本書就叫《雙溪獨語》，太雷同有掠美他人之嫌；也不好稱臨溪路獨語，臨溪路有開自助餐廳的，有開影印店的，也有賣紅茶奶茶的，何況，錢穆先生也在臨溪路上，是臨溪路72號。只好把獨語限在臨溪路70號，這個地址與我的關係已經維持了將近三十年；從大學一年級到忝為人師二十年來，在臨溪路70號這個大學校址中，對學術界教育界的感受不可謂不深。

因為東吳大學代經營林語堂故居，身為東吳的一分子，理所當然地對林語堂多了一些關注。林語堂有些話，的確讓人省思，如他直言「外國教授比中國教授用功」、「外國學術多創作精神」。因為錢穆故居、林語堂故居與東吳大學的特殊淵源，使得自己一直想寫一點多年來對大學教育的觀察心得。

林語堂對中國的學校教育有許多不客氣的批評。他說，在課堂裡，學生只許靜坐聽講，或聽別的學生答錯問題。教員講演，一個小時裡如果有一句值得記的話，便算好了。於是他只好在課堂裡偷看別的書，「偶爾花十分或二十分鐘預備功課，並不干擾我。上課和不上課的分別是，在假期，我可以公然看書，而在上課的時候我只好偷偷看書。」

林語堂一直對傳統教育只要求學生背書有極大的反感，在《吾國與吾民》書中對中國教育更是大力抨擊：

> 任何大學考試，都是同一性質，學生總能在接到通知後一星期內預備，否則大家都不及格了。任何知識，凡能在一星期內預備速成強記者，其遺忘之快也一樣。大學教授只是自欺欺人的可憐蟲，他們真的相信學生確實明瞭所學的科目？

1928年九月，林語堂應上海東吳大學法律學院院長吳經熊的邀請，擔任英文教授一學年。薛光前當時在東吳讀書，他在〈我的英文老師〉一文中回憶到：

> 語堂先生教英文，有他一套特別的教授法，與眾不同。但功效之宏，難以設想。第一：他上課從不點名，悉聽學生自由。第二：他的英文課，不舉行任何具有形式的考試。第三：語堂先生的教英文，從不用呆板或填鴨的方式，叫學生死讀死背。

相對於薛光前的回憶，同為校友的普林斯頓大學教授周質平教授卻對中文系的教育相當憤怒。他被東吳大學選為傑出校友，學校的學術講座請他到東吳專題演講。他提及在東吳中文系唸書時的壓抑心境，言談之間激動仍存，他說當時有許多扭曲的制度，最令他印象深刻是文字學老師竟然要求學生要點讀《說文解字》，他以為《說文解字》是一部古代的字典，實在不應強迫學生將字典從頭到尾唸完，我們該知道的是如何用、怎樣查字典，點書浪費的時間太多，讓學生失去了分析與批判的能力，到最後學生叫苦連天，師生之間敷衍了事，這樣不切實際的做法，老師與學生都從未去思考點書的意義到底在哪裡，因為斷然拒絕點書，他選擇重修許多課程。

周教授認為，台灣的老師總是苦惱學生作弊、不用功，說師道淪喪、人心不古，而且常常把責任推到學生身上，其實，老師失掉學生的尊敬，更值得檢討的是老師，而不是學生，老師應該有責任讓學生喜歡上好文章，進而願意去學習、去記憶。教書的人應該要有容忍的胸襟，老師對學生的態度應該多一些信任、鼓勵，少一些懷疑與對立。

當一個學校選出的傑出校友發表演講時，所有的言論幾乎都在批評他原來讀的系所，身為其中的老師，我們要不要深切反省？的確，我所見的台灣大學人文教育系所中，不乏以要求學生背書為主的教授，甚至對自己舉辦背書比賽津津樂道，以為研究生基礎薄弱一定要加強背詩。

口耳之學的背書並非一無是處，而是小學中學的奠基工夫，大學教育追求的精神或目標是什麼？並不只是去否定小學中學教育，而重複一次原先的背書過程。大學教育不是填鴨教育，不是找一本書讓學生按照已經有的標點再點一次，不是選幾十首詩讓學生死背，如果學生不從，二話不說就把他們通通當掉。身為老師，提供學生更自由的教育環境或更寬廣的學術空間，是責無旁貸的義務。

黃凡有一本小說《大學之賊》諷刺我們的大學校園，教授是淹死的——他們不諳水性，卻跳入智慧之海。當他們那神聖的遺體被撈起後，身體雖浮腫，皮膚卻呈現了美麗的粉紅色，腮幫子鼓起，那是因為體內積存了過多的廢氣，嘴唇發紫，那是講了太多謊話的緣故。這樣的教授則使得學生脹死——他們欠缺衛生常識和不知細嚼慢嚥的道理，塞入了太多不易消化、或是過期的、或是速食的知識，肚子便一天天鼓起，最後發出「砰！」的一聲巨響，炸開了！

與黃凡的小說有類似題材，德國作家亨利希・曼（1871-1950）的長篇小說《垃圾教授》，寫一個道貌岸然的好色教授，他的綽號是「垃圾教授」。小說後來改編成電影，翻譯成一個很詩意的片名，〈藍天使〉。

黃崑巖教授在《黃崑巖談教養》一書中，反覆引用到林語堂對教育教養或學術的看法。林語堂認為教育的目標，在於發展智識上的鑑別力和良好的行為。一個受過理想教育的人，不一定要把汗牛充棟的知識裝在腦袋裡，但須善於鑑別善惡，辨別何者可愛，何者可憎，要講究智慧與審美觀。黃教授很同意這個見解，認為教育的真正目的是在培養我們的眼光、道德勇氣、正義感、辨別是非、做判斷、下決定與實踐力行的能力。

教育是為了使人有見地。何謂見地？黃教授認為見地是看法、見解、智慧，直通教養。沒有見地的人，學問可能廣博，但教養則缺乏，鑑別能力大有問題。判斷事情是非對錯的能力是思維的產物，是內涵的呈現，教養的表現。

2001年6月10日陳水扁總統在台北大學的畢業典禮致詞中，公開宣稱夫人吳淑珍女士當年的畢業論文是由他捉刀代寫的。黃崑巖教授批評，社會人士沒有對這違反學術倫理的行為做任何評論，學術界本身更是不聞不問，可見國人的教養有問題，對元首的行為容忍限度極高，全體社會更是視而不見地和稀泥。諷刺的是，輔仁大學英文系的外籍神父Daniel Bower在英文報紙《中國郵報》為此寫了專欄文章，表示陳總統應該為這行為向國人道歉，替別人捉刀有違學術倫理，行為不正，等於為全國同胞，尤其是年輕人與全國教師樹立一個極為混淆錯亂的標準。

陳水扁總統的行為不但讓人錯愕，他最近的語言使用也讓人瞠目，在一片國人要他下台的聲浪中，他宣稱絕不下台，免得被人「看衰小」；「看衰小」這個詞也被執政黨的主席游錫堃先生拿來當口頭禪，甚至一向被許為國師的法學教授在電視上以閩南語講話也是「看衰小」不離口。一般有點常識的人都會同意，「看衰小」這種閩南語是地痞流氓才會用的，是一種不入流的、粗俗的語言。國家元首、執政黨主席把這種語言在台上大剌剌使用，我們除了感覺難堪，無話可說。

龍應台說：最大的權力必須以最大的謙卑來承擔。沒有品格，權力可能就是災難。品格這兩個字何須龍應台來說，不是每個小學生都應該認識？小學生知道的就是在上位者不知道、大學教授不知道。

薩依德（Edward W.Said）的《知識分子論》當然反映作者在西方的觀察，作者1935年出生於耶路撒冷，1963開始任教於美國哥倫比亞大學，在去國離鄉的心情中，思索知識分子不屈不撓的風骨典型。薩依德論知識分子的批評精神時說，批評必須是把自己設想成為了提升生命，本質上就反對一切形式的暴政、宰制、虐待；批評的社會目標是為了，促進人類自由而產生的非強制性的知識。他有許多精典的話語：「這個世紀的主要知識活動之一就是質疑權威，許多傳統權威，包括上帝在內，大體上都被掃除了。」有聲望的什麼委員會的一員大概是東西方學術殿堂中許多人共同的追求，薩依德對此冷嘲熱諷：「最該指責的就是知識分子的逃避，所謂逃避就是轉離明知是正確的、困難的有原則的立場，而只想要平衡的溫和的美譽，成為有聲望的委員會的一員，以留在身負重任的主流之內，希望有朝一日能獲頒榮譽學位或大獎。對知識分子而言，腐化的心態莫此為甚。」

薩依德的心情不是無的放矢，看看早他差不多半世紀的真正知識分子的命運，1925年，本雅明（Walter Benjamin）寫《德國悲劇的起源》一書想評教授資格被拒絕。這本書被認為可比美尼采《悲劇的誕生》，在德國批評史上佔有不可忽視地位，也是本雅明重要的代表作。本雅明的論文一向是奇特地將才華與淵博結合起來，被譽為歐洲真正的知識份子，那樣的恢弘視野畢竟讓人害怕，他謀取不到世俗的教職。有時，世俗的教授資格要的是可以隨時丟入垃圾桶的論文，是偶爾可以講人情的審查制度。本雅明在1940年自殺，死時48歲。

再回來看看中國的知識分子。1941年生於福建南安的劉再復，原為中國社會科學院文學研究所所長，1989年旅居美國，著作等身，《性格組合論》、《漂流手記》、《遠遊歲月》、《獨語天涯》、《閱讀美國》、《西尋故鄉》等，他有許多知識份子的真知灼見，常讓人深思。「知識固然能造就人，但知識也能化作權力腐蝕人……許多學者雖名聲在外，卻腐敗在內，非常自私、冰冷。這種人生，是拿著性情去與魔鬼交換知識。」知識也能腐蝕人，即使很有知識的人都未必充分意識到，何況是一向無知或無能的人。劉再復說，由於人生的艱難和社會環境的惡劣，人很容易變成世故。我們應該拒絕世故，永遠保持一種天真天籟。拒絕世故，就是拒絕從利害關係的角度去考慮寫什麼、說什麼，而用純樸的赤子之心面對事實與真理。這樣的觀點應是任何一個知識分子都該有的。

1942年出生於中國重慶的章詒和，現在是中國藝術研究院研究員。她的《伶人往事》、《往事並不如煙》、《一陣風，留下了千古絕唱》等書論及文革對程硯秋、尚小雲、葉盛蘭等人的傷害，許多人都是幫兇共犯。她的觀點凸顯許多知識分子的問題。「當被統治者順從並習慣於統治者的頭腦思考，兩者在客觀上就成為了同謀。我們這個社會出現的許多醜惡，在很大程度上都是這種同謀的產物。……迫害猶太人的暴行，納粹希特勒是罪魁禍首，但也有全德國民眾的狂熱參與。」章詒和認為許多為非作歹的事都緣由同謀共犯很多，而知識分子也是同謀共犯。

《劍橋插圖本中國史》不同於一般中國人所寫的歷史。作者是美國伊利諾大學歷史學教授，被稱史學界才女。本書探討許多文明形成的諸多問題，涵蓋中國歷史上的藝術、文化、經濟、社會以及對婦女的態度等各方面，尤其側重考察社會和文化的發展及其對普通人民生活的影響。我們對歷史的印象，一直被局限在僵化的教科書中，如書上所言，悠久且多面向的歷史竟被扭曲成反反覆覆又枯燥乏味的政治史，是一頁頁男人的鬥爭史、征服史。

長久以來，官高權重錢多的人永遠是掠奪者。現在的社會，還是官大學問大，有一點頭銜的人就開始覺得自己是主流，不會尊重別人，表現得十足地沒教養。政界如此，甚至連學術界都不能倖免。學文學的人會說出「資源絕對是被擁有位置的人所分配」，同事建議要成立課程委員會、試務委員會都被指控「綁架系主任」，所有的事情幾乎都是私底下運作。

薩依德說，在意見與言論自由上毫不妥協，是知識分子的主要堡壘，棄守此一堡壘或容忍此基礎被破壞，事實上就是背叛了知識分子的召喚。在臨溪路上，我們遇見許許多多永生的、不妥協的靈魂。

第二輯

台北或雲南

2004初秋的某一天

秋天的某一天，我要搭捷運系統往台北火車站，去台中參加一個學術研討會。

在捷運車廂內，跟我並排站著的一個男人很認真地讀一分報紙。我很久未注意報紙了，可能是因為忙，也可能因為沮喪而冷漠，那個男人在讀的那分報紙我十分陌生，感覺像似不是我存在空間的新聞。

他在欣賞青海大雪的一張照片，一個老婦人全身都是雪花，雪花甚至佈滿在她像似小溝渠一樣的額頭、臉頰上，有種浪漫的意象。

男人一直讀報紙，1015大地震的震央在101附近，不要喝珍珠奶茶可以省下錢支持軍購，原來台灣喝奶茶這麼兇，可以喝掉6108億。總統夫人買股票有沒有內線交易，國家考試要不要廢考本國史地，美國的包爾說台灣不是主權獨立國家，台灣正名大遊行，先生外遇妻子要改名挽回丈夫的心，專家說愛情本來就是一種詐術。男人繼續讀報紙，整版都是房屋銷售廣告，聖地牙哥、楓丹白露、湯布院、翡冷翠、愛丁堡，買房子的人似乎都有叛逃的心情，走避到異國他鄉。

到站了，男人又讀了一兩行總統的話，為石原慎太郎被污名化痲瘋化道歉，寬以待人，嚴以律己，向外人道歉後教訓家裏人，行政院長不要老是想接班問題。他終於不捨地收起報紙，摺成一小疊，放入腋下，我見到他輪廓如切割的有稜有角的臉，是一個很漂亮的五十上下男人，讓人一驚，像似曾經認識的，或是曾經愛戀過的。

到台北車站等南下的火車，在月台上，有人推銷書，身旁的女人說：水準不夠，買書也沒有用。推銷的人走了，她轉過頭低聲說：日子都不想過了，讀什麼書？

我闔上手中正讀的書，《悲劇的超越》，女人的眉臉揪結著，深沉的痛苦可能不亞於雅斯培。

火車來了，經過中壢後的一個熟悉的小站，像似在北海道的一個小村子，讓人想起一些甜蜜往事的小村子。於是，秋天的某一天不一樣了，突然心裏某個角落愛戀的人事浮出來。

特別的一個冬日午後

陌生的男子打電話來時，我整個人正蜷縮在電腦桌前的大椅子上，脖子因長久委頓而僵硬、酸痛。電話響時，突然一驚，脖頸跟著拉扯一下，有兩滴淚水隨即在眼眶中打轉。

他急急切切解釋，說他很唐突、很冒昧，你別誤會。啊！不會，別客氣。他說中學或大學時就讀過我的文章，因為姓名很特別，記得很清楚，這幾年斷斷續續都一直讀到刊在報上的作品。小學、中學時就很喜歡文學作品，祖母是日本京都大學畢業的。啊！家學淵源。後代不成材了，一代不如一代，很是自責的語氣。

是這樣的，前兩天讀過秋天的某一天那篇文章，心裏的某個感覺被觸動，就像文章中說的，心底角落愛戀的人事浮起來。每個人都有許多故事，過去的靈魂動輒被喚回來了，回來撫慰如今傷痕累累、疲憊不堪的自己。眼眶中的淚水又開始打轉，脖頸又被拉扯了一下。

怎麼知道這個電話號碼？助教說的嗎？查電腦的蒐尋網站，讀資訊系的人對電腦很熟。姓名很特別，查網站就可以找到，不會同名同姓，網站什麼資料都有。你女兒叫斑比，還有一個兒子。

我蜷縮在椅子上的身子全直了。像似熟稔多年的這位先生繼續誠懇地說著為女兒命名的經過，因為你的姓名很特別，給人許多靈感，曾經跟太太說過你的名字，她也知道。太太應該不是故事中那個主角，每個人都有刻骨銘心的故事，故事中的主角都是躲在心底角落的影子。

低低的細訴終於結束，與剛認識的陌生人談了二十年前的往事，大概不會再有下一次，下一次不知要談什麼？難不成還要談同樣的話？起來舒展一下僵硬的身軀，窗外正有一對甜蜜相擁的男女經過，同樣的青春往事重演。這棟樓命名愛徒，橫書的愛徒二字每每被讀成徒愛，愛，常是枉然。景物依舊，人事全非，不是生命的難堪。二十年來，繞了一大圈，人事依舊，景物全非，那才是不忍卒睹的故事。人的傷悲，只有自己懂得。

在這樣蕭瑟的冬日午後，兩個可能永遠不會有交集的陌生人，分享彼此的心情悲喜，也算是一種幸福。

二〇〇五年四月

電視新聞正報導連戰二十六日要到南京，中外媒體有一千多位記者準備採訪，這幾天世界各大報的頭版消息都有他要訪問北京的消息。二十九日，連戰與中共領導人胡錦濤見面。啊！四月二十九日那天朋友要煮炸醬麵，為了慶祝我的生日。

原先看電視的婆婆將頻道又轉回她的閩南語連戲劇，嘉義議會的議長派手下將一個帥帥的男人打成重傷，身上一灘灘紅墨水，意思是血流如注，而後男人的頭被按在客廳洗拖把的水桶中。這齣連續劇演很久了，每天都有被叫董事長的人打過來、殺過去，好像台灣三個人中就有兩個董事長。婆婆明天就要回南部，她不在的時間，我往往忘記電視的存在，以為全台灣人都在讀馬奎斯或卡爾維諾的小說。

婆婆說她腸胃不舒服，請人去問神，神明要她親自回南部一趟，將開幾帖藥方給她。她抱怨台北大小醫院醫生的無能，沒能治療好她的脹氣，與南部的神明不能比，吃神明的藥方容易見效。

見面三分情，希望北京的世紀會晤能帶來永久的兩岸和平。這樣春暖花開的四月下旬，一大早送婆婆去機場後，我去菜市場買豬肉、魚、蝦、豆腐、萵苣，買蛤蜊時小販送了一大把九層塔。父親喜歡九層塔、香椿芽，也喜歡一切蔥蒜類的東西，小時候，我討厭父親喜歡的食物，父親過世，我開始被那些食物召喚，在遺傳了父親的身形脾性後，又遺傳父親對食物的好惡。我又到糕餅店買蛋塔、巧克力蛋糕、海苔煎餅，父親喜歡甜食，我中年以後亦然。

那個胡錦濤與胡適是安徽同鄉，父親一直崇拜胡適，因為他也是安徽人，我從小學就讀《胡適文存》。讀《胡適文存》時我是大倉國小的學生，那個澎湖的小島是母親的家鄉，也是她長眠之所，除了澎湖，母親不認同任何一個地方。

而我，鍾情於異國異鄉的旅行，心安即可以是家；是誰說過的，人到了某一種年紀，不論世界各地都是異鄉。

晚餐時做了一道燜南瓜，一面聽連戰訪問北京前夕的記者會；漫不經心地，根本未注意記者會的內容，所有的心思全在鍋子裏的南瓜上。燜南瓜很好吃，是手藝越來越好，還是中年以後對食物沒了好惡？我不太能確定。

如果在北京，一個旅人

看到兩旁的樹，就知道離開家很遠了。都是銀杏樹，樹上是一片片扇狀的綠葉，樹下偶有一兩片乾枯的扇葉飄著，快要秋天了，而來自的那個海島還在熱夏，或者說那個海島從來都是熱夏，永遠未轉換過季節。

在遙遠的那個島上，銀杏樹並不常見，很難見到秋天的杏黃色，只記得在一個日本人曾經營過的大學旁有一棵，而在另一個位於溪畔的大學有一棵幼小的銀杏，還不確定會不會成為大樹。記得較深的是北國一所大學的初雪剛過，薄雪覆蓋在銀杏樹上，像青春的一種純真，鈐刻在心版上。青春過後，與銀杏的相遇都在旅次上，像是秋葉的流浪，飄著飄著，有種淒美。

在北京開一個會，四面八方的人都有，有苗族、彝族、蒙古族、維吾爾族，來自雲南、山東、廣東、湖北、甘肅、蒙古，好像突然在一個地方聚集了，再分開。似乎從來就不曾認識，永遠不可能再見面，像似不同樹上的葉子因為風吹突然接觸又分開，從此落在各自的泥壤上。

地鐵的月台上有個男人兜售所謂古物，自稱是他盜來的。沒見到他的古物，見到的是他全部的家當，將棉被、蓆子、鍋碗全背在身上，與我一樣，人在江湖，我身上是全部的證件、文稿，如果丟了，自己什麼都不是。

生命最迷人的地方，是可以選擇像片葉子，飄啊飄啊，經過徐志摩、沈從文待過的北京大學，也經過老舍猶疑徘徊而後跳入的湖水，坐在天安門廣場看兩個小女孩吃冰，想起曾經有數以萬計的年輕人在這兒聚集，如果那時也在北京，或是住在眼前這家飯店，也會來坐在廣場上吧。

住在北京一星期，每天吃早飯的大廳的窗外是故宮的紅牆，那是康熙、乾隆或溥儀的家，有人住得長有人住得短，也是常常流浪，或者也是旅行吧。溥儀在長春住過的家我也去過，原來人生如此有意思，對一個未見過面的人，竟去過他不同的家。畢竟拜訪的不只是朋友，有時每天見面的人一輩子也不會變成朋友。

而乾隆或雍正皇帝賞玩過的書畫、玉器現在幾乎都被搬到另一個故宮，就在我台北的家附近，每天，我往臨溪路就會經過，有一條故宮路。外雙溪的溪水穿越故宮路再經過錢穆先生家，再經過東吳大學。

一個常常在旅行的人，不會像一棵樹永遠站在那兒，家門前的櫻花樹未見過銀杏，他不知有樹的葉子如此美麗，像一面面綠扇，而秋天一來，開始變成杏黃色。

因為見到一排排的銀杏樹，在北京的日子是極為愉快的。

似水年華

去廣州開一個學術會議，為了廣州中山大學的八十週年校慶。開會的地點在番禺的一個海邊。在中學的地理課上讀過這個地名，老師讀蕃魚我們也跟著蕃魚，到了那兒才知要讀潘魚。人生有些事也許錯一輩子都不自知的。

報到後才知曾永義老師也參加，他參加戲曲組，我的是民俗組。隔天一大早，老師打電話要我一起去散步。散步的地方有一座很高的觀音像，觀音塑像面對三角洲的出海口，可以見到船隻的出入，船隻像似童年時澎湖海邊的漁船。觀音像旁安太歲的地方是盛開的菊花。與老師走著走著，聽他談蘇東坡與王安石爭論菊花是否凋落的問題，恍惚之間，以為觀音站立之地是台灣，而非番禺。與老師一面漫步一面閒聊，似是二十年前台大椰林大道的情景。

記得那時散步的點點滴滴，常是老師上完課，一起去吃飯，有時是一起走路回長興街老師的家；聊碩士論文、聊博士論文，偶爾也涉及一些青春的愛戀難捨，老師似勸似勉，情感無疾而終後，再回到論文來。老師喜獲麟兒，還送過幫寶適紙尿布。日子過得飛快，我寫了博士論文，結婚、生女兒、生兒子、教授升等。與老師的見面常是匆匆，有時是一群人吃飯，有時是開會時打個招呼，在異地偶遇，竟有充裕時間聆聽老師說他的人間愉快，這毋寧是參加會議的最大驚喜。老師特別要我回家向照顧小孩的男人致意，「謝謝他對我的學生好，讓我的學生可以常常寫論文。」老師當然是玩笑話，而話中實際是關懷欣慰之情。

在番禺，記得最深刻的是寶墨園中的滿園玫塊，姹紫嫣紅開遍。老師說，漂亮的花只有一朵沒意思，要一起開放才能相得益彰。啊！如今才明白徐志摩的數大是美真義。年華，似水。似水年華，一路是良師好友，只見得一路是柳暗花明，愉快人間。

線裝書的回憶—從台北到雲南

有人搜集線裝書像搜集古董，只在意它可能值多少錢；或者說好的線裝書，甚至是搜購者以愛妾或華屋換來的。我從不刻意去搜集線裝書，或者花下巨資去購置善本書來當傳家之寶。保存的幾本線裝書是寫論文時留下的紀念。在資料都能上電子網路的今天，線裝書特別能引發思古幽情。

讀碩士班時寫的論文是馮夢龍所編的民歌，花了泰半時間在明清的俗曲、俚曲搜尋上，因此信手買下劉階平所編的《清初鼓詞俚曲選》、《木皮散客鼓詞》兩部線裝書，前一部書共五冊，1968年出版，而後者則早在1954年就出版。編者雖是民國人，而年代卻在我出生前，那樣的線裝書似乎也充滿著一種滄桑的情懷。

劉階平先生原是研究會計學的，卻花精力在搜集蒲松齡作品和清代初、中葉名家的鼓詞，他曾找到通行本《聊齋誌異》所沒收入的佚篇，寫了《蒲留仙遺著考略與志異遺稿》，又考證《木皮詞》，證明木皮散客是賈凫西、賈應寵。《清初鼓詞俚曲選》中所收鼓詞大部分是蒲松齡及賈凫西所作，這些鼓詞俚曲兩百多年來一直流傳在山東，《木皮詞》在晚清有印本，其他的則只有抄本。

屈萬里先生也曾說過《木皮散客鼓詞》是「根據正史的

材料來做翻案的文章。……作者滿腔亡國之痛，憑藉著史實，來發揮自己的一肚皮牢騷……。」在政治腐敗、道德淪喪的社會裡，這樣的作品特別能引起共鳴。後來潛心在少數民族文學的研究上，早已不再孜孜矻矻於鼓詞俚曲上；而兩部封面已褪色的線裝書往往會勾起十幾年前與明代歌謠日夜為伍的歲月，想起去植物園的中央圖書館手抄一本線裝書《壽寧待誌》，想起自己在荷花枯落後結束的短暫戀情。

寫博士論文時因緣際會地以雲南少數民族文學當題目，那五年只記得一場場的飛行，從台北到香港，從香港到雲南，再從雲南拖一大箱書回台北。總覺得自己像個跑單幫的，每天都往書店跑，雲南人民出版社、雲南民族出版社、昆明新華書店、昆明古籍書店、思茅的書店、普洱的書店、西雙版納的書店。出海關時拖著一百多公斤行李，同機的老夫婦沒帶什麼行李，幫忙拎著兩、三袋書；到桃園機場入境時海關人員又說剛開放探親不准帶入那麼多書，寫切結書才發現兩人是校友，順水人情就放行了。

那一年冬天住雲南大學招待所內，六四天安門事件剛過半年，毫無綠意的枝幹上依稀有肅殺之氣，東方紅宿舍的數學系女孩陪著我吃雲南小吃、賞春節前的街景，去雲南大學門口的書店買書，我們走過雲大校園的至公堂，聞一多曾在那兒演講過，我讀過他的〈伏羲考〉。女孩陪著我抱一大疊書，在微微落雪的冬暮中散步，她說起她西雙版納的家，說起她剛萌芽的初戀。我小心翼翼捧著幾部線裝書，唐・樊綽的武英殿本《蠻書十卷》、明・楊升庵的淡生堂抄本《南詔野史》、清・丁毓仁亦寄軒藏版的《南詔備考》，還有民國袁嘉穀的《滇譯》，線裝書用紅色大衣裹著，白白的雪花飄在紅大衣上，我唯恐書被雪花沾濕了。女孩說，那幾本書有這麼重要嗎？線裝書的印刷比較模糊，為何不買精裝本？

然而，那幾本線裝書對我意義非凡，因為裡面寫的全是雲南的歷史興衰、地理沿革、風土人情。而對昆明的熟悉程度似乎不亞於台北，知道去書林街、大觀路要搭哪一班公車，知道哪家小店的鍋魁好吃，也知道哪裡可以喝蓮子湯、可以逛夜市；朋友住在叫蓮花池的地方，他們家可以喝到雀巢咖啡；除夕以後連續三四天，大學餐廳、外面小吃店全不營業，雲南社科院宿舍的朋友家可以搭伙。我說不清對雲南的微妙情愫，思茅、通關、磨黑、大理、元江、麗江的風景最迷人，在玉龍雪山山麓閒步時，老想起對摩梭文化有深入研究的李霖燦先生；而麗江發生大地震時，覺得死傷的全是見過面的熟識朋友。

《蠻書》上寫著：「樓居，無城郭，或漆齒。皆衣青布褲，籐篾纏腰，紅繒布纏髻，出其餘垂後為飾。婦人披五色挲龍籠。孔雀巢人家樹上，象大如水牛，土俗養象以耕田，仍燒其糞。」書中所寫部分依然如故，雲南少數民族大部分住竹樓，一樓養牲畜堆雜物，二樓住人，而傣族聚居地區所見都是穿傳統服飾的婦人小孩；孔雀已較少見，卻常在建築圖案上出現孔雀，連跳的民族舞蹈也是孔雀舞。

《四庫全書史部載記類提要》曾讚許樊綽出使邊徼所寫的《蠻書》：

> 於六詔種族風俗、山川道里，及前後措置始末，撰次極詳，實輿志中最古之本。宋祁作新史南蠻傳、司馬光通鑑，載南詔事，多採用之。

金庸武俠小說中大理國的段正淳、段譽讓許多人印象深刻，然後讀《南詔野史》、《南詔備考》，書中的大理國幾乎是段氏天下，會認識段思平、段思良、段思聰。案頭的《南詔野史》、《南詔備考》時時喚醒在大理的回憶，見不到武俠小說中的滿園茶花，只記得搭輪船遊洱海時，天正下大雨，站在船艙中的小窗邊，只見孤帆遠影，人凍冷得打顫。見不到茶花，搭的船是茶花號，船票上是一大朵紅豔的茶花。

雲南來去的日子結束後，家中隨意措置堆疊的書籍佔滿每一個角落，有日文的、英文的、精裝的、平裝的，然而似乎特別去呵護那幾本線裝書，好像那是較珍貴的，也許是回憶特別多的，代表著十幾年的青春歲月。線裝書較脆弱的紙污了、線斷了，書就零散了，而逝去的歲月印記就漫漶了。

線裝書，在意的不是他的價值，是為了存記再也喚不回的年代，像是童年，或是年少時的一段癡迷。

經過瀾滄江

1988年夏天，和我的老師王孝廉先生從南京搭一路顛簸、拋錨的破舊公車到淮陰，見到著作等身的神話學學者蕭兵先生，正在大修馬路的塵土飛揚城市頓時清亮起來。於是，我決定放棄早已著手的清代民歌研究計畫，寫有關傣族（擺夷族）敘事詩的博士論文。

我原本要寫清代民歌的論文，曾花了一段時間蒐集資料，也到中央研究院的傅斯年圖書館看一些抄本。因為到傅斯年圖書館查資料太麻煩，要填書單請櫃檯的人員提書；當時的人員非本科系畢業，找本書多得花一陣子，她又不准我進書庫找。找到書後並不能影印，得在那兒看或抄。為了那個論文題目要不要繼續？我既傷神又傷心，不解何以在自己國家的圖書館看資料如此不易！而到日本看善本書竟比台灣方便！因此，藉著到大陸發掘另一片天空之際，我徹底地改變博士論文方向，轉向此生從未思及的雲南少數民族文學。

在蕭兵先生家，看到一些少數民族文學的漢譯書籍，幾經斟酌，勾勒出博士論文的大致輪廓，也意識自己必須多次進出少數民族地區。西雙版納，是另一夏天的新鮮、甜蜜回憶。

一向不迷信，但也認為生命中的確有一些注定的情緣，和西雙版納或雲南，在年少的歲月中成了不能磨滅的重要部份。認識的朋友或讀過的書籍中，都未述及西雙版納的詳細資料。毫不猶豫的，八九年夏天，和小妹前往西雙版納。

西雙版納（傣文意為十二州國）未成為台灣報導的旅遊名勝前，在我們心目中仍相當陌生，出發前的心情是恐懼多於好奇。

在昆明待了幾天，想盡辦法就是買不到往思茅的機票，思茅離版納一百多公里，比較方便搭車到版納。六四事件剛過，七月的昆明似還有奇特的氣氛，連出版社賣書給我們的店員都戒慎恐懼，像躲瘟疫似的。昆明民航局的小姐賣了三張票給歐美人士，就是不賣給我們。黃皮膚的限制下，同樣拿著外匯券，卻是一籌莫展，身為中國人，我們在痛定思痛下，只有搭車一途。搭三天三夜的汽車到版納的首府景洪。

其實，位於滇南的景洪距離昆明七百多公里，汽車照理不用開三天。但是，許多事情並非按照牌理出牌，人生不也常有我們想不透的荒謬情事？三天能到達景洪，算我們有福氣了。得感激佛祖或耶穌垂憐，感激道路未坍方，感謝司機不耍性子，更感謝車子只是偶爾輕微故障，而不嚴重拋錨。是的，那樣搖搖晃晃、有時不靈光個幾分鐘的老舊汽車，總算可以維持個時速十幾、二十公里的。住過墨江、思茅的小旅社後，在第三天的深夜，終於到達西雙版納山頂，車子停在雲貴高原某個山頂，俯瞰瀾滄江對岸的景洪。

景洪的傣文意譯是黎明之城，司機似是十分浪漫，原以為目的地到了，不意他竟是要乘客欣賞夜景。車窗玻璃早已破了，可以毫無阻礙地看到天空一輪明月，而地上萬家燈火，像是一盤珍珠。黎明之城在黑夜裡，和眾人期待燦爛的朝陽。乘客全雀躍不已，有的是當地的少數民族，有的自北京、上海來重遊舊地；只有我和小妹，是少數民族地區的另一種少數民族，不知今夜將到哪兒？

問了前後左右的鄰居，沒有人知道我們該住哪兒？在瀾滄江畔的第一個黑夜，夜裡十二點左右，車子停在一條叫蘭嘎的路上，兩旁的房舍全在熟睡中。拖著兩夜未躺床榻的軀殼，依稀可見雙影的淒清、疲憊。

沒想到走著走著就有一家賓館了，一晚人民幣十二塊，住一個乾淨、舒適的竹樓。後來，才發現西雙版納最好的賓館就是版納賓館，竹樓的窗前有兩棵芭蕉，這些年過了，我仍記得月光下的那串芭蕉，還有從未有過的一夜好眠，在瀾滄江畔。

那一年夏天在麗江

書上的諺語這樣寫：雲南本是溫和鄉，冷熱不同在兩江。形容元江極熱，麗江極冷，即使盛夏也不穿薄衫，如果下雨就得披上羊裘了。然而，留在麗江的那些天，只是炎熱，亮澄澄的陽光流瀉，手臂被曬脫了一層皮。為了看盂蘭盆會，又在麗江多留了兩三天。

住麗江賓館，洗澡間並無區隔，所幸熱水還熱，眾女子皆袒裎相對，也未覺不快。賓館的門口有一小雜貨店，賣核桃片，核桃外裹著麥芽糖，甜而不膩，十分香脆可口，每天都花一塊錢買兩包來吃。其實，未必為了吃，更喜愛的是它的包裝袋，是攀枝花市的工廠製造的。攀枝花市在四川，搭車時經過，覺得那地名簡直美極了。吃核桃說來似為了攀枝花市。

核桃吃多了，就到麗江古城中的一茶店喝茶。麗江古城全是石板路，從明代以來的建築規模都保持完好，古城內水流呈網狀，每一家的門口都有一彎清淺，一道道水邊又栽種柳樹。古城倒未必讓人發思古幽情，卻散發出日子的自在清閒。在日日風和的夏季裡，路上都有稚子老婦攜手漫遊，他們穿著顏色鮮豔的納西族服裝，漫遊在灰瓦灰石、柳綠水清的晴空下，人間再沒有更美麗的風景了。

喝一次茶一塊錢，主人常來加水，或加新茶葉。杯子是江西景德鎮的米粒燒杯子，精巧剔透。端著那杯茶就在那兒坐一上午或一下午，也可拿本書去看，或者就是看門口的行人，或看水對岸，柳條中的另一家篆刻店，老闆正在盯瞧一方雞血印石。水對岸也不過距離三公尺左右。看門外行人的當兒，小孩也好奇地觀望，觀望這位怪異的閱讀者和穿牛仔褲的人，甚至他走近了，就趴在窗檯上。不會有汽車聲，也不會有吵鬧聲，偶爾的雞鳴狗吠就是麗江古城的全部了。

等著看盂蘭盆會，於是又有一天空檔租自行車去串村寨。同行的蕭兵教授、鈴木健之教授和我的老師王孝廉先生、朋友佩芬，浩浩蕩蕩要去遊玉龍雪山山麓的海子、古寺。問題來了，自行車全有前面一橫槓，我的半生不熟技術根本騎不了這樣的車。蕭兵教授堅持要帶我，讓我坐後座去玩一天。一方面是麻煩，更重要的是不忍心，因為蕭教授在文革時作過鍘馬料的工作，左手的四截手指被鍘草機齊齊地截去。怕他負擔太重，蕭教授卻說他可以載的。一路行去，有些爬坡路段，見蕭教授十分辛苦，只有愧疚的分。我與他玩笑：「第一次覺得遺憾，如果是個美女，可能就覺得比較理所當然。」他呵呵笑著：「啊！真希望時光倒流，我是年輕小伙子，能載美女出遊。」沿路有馬、有騾，卻無其他人聲，玉龍雪山是我們的。

一行人後來就在一納西族民居坐下了，喝了茶，吃了主婦燒的雞，她蒸的饅頭。年復一年，那位黝黑婦人溫厚的笑仍是清晰。在人情澆薄的社會裡，誰會去留幾個陌生人在家吃飯？

盂蘭盆會很簡單，晚上家家戶戶在門口的那彎流水上放燈漂流。燈是一朵蓮花或一個小人，明明滅滅往前流去，流向納西百姓心目中的極樂世界去。為死者求安，為生者祈福，生命追求的就是這樣了。

雲南的大大小小村寨，就是偏愛麗江古城，也不是為了看盂蘭盆會。

夢幻城堡

馬克吐溫曾經說德國怎麼怎麼好，甚至連一種毛毛蟲都比美國的毛毛蟲有文化教養。然而，在德國遊了大半圈，我的情緒都極其低落，想像中美麗浪漫的歐洲似乎有點讓人失望。

到達維也納的時候是星期六清晨，歐洲人開始休息的日子，才發現音樂之都原來一點也不吸引人。大部分的商店都休息，火車站附近又找不到吃的。我蹲在嘈雜的火車站裡看行李，丈夫去買早餐。等了好久好久，午餐回來了，是兩個又硬又鹹的麵包，中間夾一片又冷又鹹的火腿。走了老半天買不到可樂或咖啡，結果買了一小瓶礦泉水，折合台幣三十幾塊，我喝了一口，差點吐出來，有股怪味。一直到離開歐洲，我都不再舔礦泉水一口，即使再渴也忍住了。幸好礦泉水又貴又難喝，也就省了上廁所的錢；因為火車站廁所內那個兇巴巴講了一大串德文的胖女人，說的原來是上個廁所要五塊半奧地利幣，台幣將近十五塊。

也許是自己太執意要當個不折不扣的中國人，對別的民族、別的文化接受的程度太有限，歐洲於我，的確是激不起太多的熱情。以往的浪漫憧憬，跟首次的身歷其境絲毫銜接不上。

星期六、星期天的街上買不到水果，又不喝礦泉水，從台北帶來的保特瓶總可以派上用場吧？決定在旅邸裡裝瓶冷開水上街閒逛去。然而，如意算盤又打錯了，多瑙河畔、萊因河畔一間間可愛的，取名維也納森林的旅館，收費兩三千元台幣，卻是不供應開水，也沒有洗手間的設備，在黃昏的多瑙河畔散步，渴了，坐在河畔的木凳上喝旅館內的自來水，藍色多瑙河的音樂也悠揚不起來了。

海德堡是如此美麗的一個城市，在老橋邊的露天咖啡座喝一杯咖啡，聽街頭的大學生演奏小提琴，真是感到生命美好自在的令你希望時間就靜止，內卡爾河上的遊船、清涼的微風、街上幸福人兒的笑語，都變成畫面的永恆。將古堡照進鏡頭內，海德堡大教堂古老雄偉的門口是一家很大的性商店，色情行業在宗教氛圍裡，人生的畫面非常突兀而令人不解。

因為林語堂在德國留學時待過來比錫，曾經讀過他的傳記，對來比錫的印象深刻許多。當然，也因為來比錫有巴哈的雕像，那個陌生的黃昏就熟悉而讓人覺得有暖意。來比席的尼古拉大教堂內交響樂驚天動地地響著，巴哈的雕像立在教堂的側門口，一副飛揚跋扈的神情，要看他的臉孔，必須把頭揚得很高才行。教堂的側門為何有巴哈的雕像？令人費解。反正，光來比錫一處，巴哈的各式雕像就好幾個。巴哈的雕像和哥德的雕像一樣，讓日爾曼民族覺得驕傲，坐在雕像旁咖啡座的德國人，他們和巴哈一起揚眉昂首。

從尼古拉教堂一出來，拿起相機，正想要和巴哈合影，一個披頭散髮的胖老太太，馬上就將手伸出來，她要錢。手忙腳亂的在口袋中翻找一遍，掏出幾個銅板，好不容易辨識到馬克的模樣。到德國一個星期來，需要講德文的事全由丈夫出面解決，要買東西時，他在旁付錢，造成我懶散到連馬克都不想辨認。老太太接過去我身上僅有的馬克零錢，表現著心不甘情不願的樣子，竟然指著她自己的頭，嘰嘰哇哇地講了一大串德文。丈夫走過來，將我拉走，一路笑著，說老太太的意思是，我腦袋可能有問題，給的才五十分尼能買啥東西？五十分尼她嫌少，那還我好了，八塊半台幣在台北可以打好幾通電話。看看巴哈的雕像，看看在陽光下喝咖啡、喝啤酒的德國人，回頭猶見老太太在嘀咕，她為什麼不向德國人要錢呢？

在法蘭克福火車站前，一個穿著整齊的中年男人要乞討一根煙抽。他為什麼不向德國人要？因為德國人不給他，丈夫說。

準備離開來比錫時，在火車站前看到要錢的胖老太太正舔著一個大甜筒，那樣的甜筒我在旅途中一直覺得昂貴。

歐洲的每個城市都是城堡，像童話中的城堡，雖是美麗，卻總有夢幻的感覺；而不管是美夢，或噩夢，都需要醒來面對真實的人生，而真實是冷酷的。

看不見的書房

我喜歡維吉尼亞·吳爾芙，她有一本書《自己的房間》，說女人寫作一定要有自己的房間，自己的房間代表經濟獨立和思想不受干擾。吳爾芙的時代，她去劍橋大學演講，劍橋大學圖書館卻是女人止步的地方。二十一世紀的今天，我已經不需要坐在書房中才能寫作了，我去圖書館寫作，也去咖啡館寫作，甚至在出國等待轉機的飛機場寫作，而且一面讀卡爾維諾的《看不見的城市》。

我的書房在消失當中，一位教授誇耀他買房子存放書，我卻將讀過不會再讀的書一本本送給學生。好書那麼多，再沒有書房可以放得下，或者是要有一個看不見的書房來貯藏它們。

是的，有吳爾芙，有卡爾維諾，有赫拉巴爾，當然更要讀馬奎斯，我最愛的是短篇小說集《異鄉客》與《迷宮中的將軍》。《迷宮中的將軍》是馬奎斯得諾貝爾獎後的巔峰作品，其中玻利瓦爾將軍與僕人的話令人印象深刻；僕人說：「我們一輩子窮慣了，什麼也不需要。」將軍說：「正好相反，我們一輩子都富有，什麼也沒有多餘過。」馬奎斯寫將軍輝煌一生的愛憎、理想的破滅，面對被拋棄，被傷害和孤獨，他唯一的補償是愛情。馬奎斯相信孤獨唯一的補償是愛情，唯一拯救我們的也是愛情。馬奎斯是我在異國他鄉的孤獨旅行中最想親近的作家，是最了解生命所有幻滅、孤獨的作家。

我喜歡讀傳記，《沈從文自傳》、《林語堂傳》、《楊寬自傳》，甚至《思考的熱情》（七個女哲學家的故事）、《英雄的旅程》（神話學者坎伯傳）、《索羅斯傳》，作家、學者、金融家等非常精采的一生，全鐫刻在腦海中。許多精采的書被保存在青春的記憶中，往昔，我們將愛戀心情寫在《林語堂傳》上，為林語堂始終不能忘懷的初戀感動。

因為研究的關係，我也喜歡《山海經》。有本我常翻閱的《古本山海經圖說》，那是一個異想世界，一目國、長股國、三身國、毛民國、不死民……異界、他界，看不見的世界在我們心裡，遠國異人是何其繽紛熱鬧；當時空再不能局限我們，那就是莊子所說的「逍遙」了。

吳爾芙有了自己的書房，卻仍冠上夫姓；我不需冠夫姓，也不需要固定的書房來象徵女人的獨立自主。有刊物要我談自己的私房書，我才發覺自己的書房在慢慢縮小、消失中，快要看不見了，成了看不見的書房。好書，在青春的記憶裡。

吳爾芙的牛肉湯

中國人認為好的女人要當賢妻良母，賢妻良母這句話到了日本韓國成了良妻賢母。清末民初的女詩人、女學者單士釐推崇日本的良妻賢母，她以為日本的良妻賢母是指受過教育的女人，對國家有幫助，有閨秀的禮儀與地位。言下之意，中國的賢妻良母似乎只局限在家中，賢妻良母是否指受過教育的閨秀不重要，比較重要的是，順從丈夫、有管家理家的才幹。

單士釐當然可以當良妻賢母，受過良好的教育，跟隨丈夫錢恂出使日本、俄國、義大利等國，夫家書香門第，錢恂是學者錢玄同的長兄。單士釐成為中國第一位研究神話的女學者，對希臘羅馬神話有獨到見解。大部分人以為朱光潛在1924年發表的美學論文開風氣之先，其實早在1910年單士釐就介紹德國美學家萊辛的名著《拉奧孔》（Laocoon）。書架上，關於單士釐的是，一篇討論宙斯的神話論文，沒想到研究神話學美學的女人對當良妻賢母也如此有研究。你對賢妻良母或良妻賢母的議題不感興趣，在意的是南瓜炒米粉或高麗菜炒米粉比較好吃。寫學術論文當中，你覺得自己也適合「主中饋」，掌管全家大小的味蕾。

母親的廚藝乏善可陳，三十年如一日，模糊的印象是一道南瓜炒米粉，偶爾，只要表示想吃炒米粉，往往連續四五天餐桌上都出現炒米粉，一顆六七公斤的南瓜吃完，也膩到求饒了。一生未進過學校的母親以自己的方式愛子女。因為那一道童年的南瓜炒米粉，你覺得其他的炒米粉從未道地過。多年前教過的學生來訪，送了一大袋的新竹米粉。而日前有個學生送過兩顆美麗的南瓜，一顆做了南瓜湯，一顆始終放在窗前當擺飾。你下決心，嘗試母親的南瓜炒米粉。

誇獎過咖哩雞、羅宋牛肉湯、海鮮濃湯，女兒吃了南瓜炒米粉後，慎重其事地建議你去跟她同學的媽媽拜師學藝。良妻賢母、賢妻良母都很難，聰明如吳爾芙也只是要「自己的書房」，而不要自己的廚房。不知單士釐、吳爾芙的咖哩雞、牛肉湯燒得怎麼樣？

維吉妮亞，有關她的傳記全明明白白地寫著吳爾芙三個字，這個夫字的姓氏成為她的專利，全世界姓吳爾芙的人都相形失色。因此，你對她的廚房充滿好奇。當你的冰箱中出現爛掉的高麗菜，爐台上兩顆長芽的馬鈴薯，或是水槽中堆滿隔夜未洗的碗盤，你就想起她的廚房。

戴洛維夫人要準備晚宴，把工作全做好，她自己只需去買花。漂亮的銀器、高雅的新椅套、黃色花布窗簾全被照顧得讓所有賓客稱讚，廚房中的淺盤、燉鍋、濾器、調味瓶、玻璃杯、布丁盆全都洗得明亮鑑人，冰淇淋、麵包、湯，吳爾芙什麼都不會做吧？

在戴洛維夫人的晚宴中，你只聽到她去買花，而華克太太為了布丁而沒烤熟鮭魚，此外，你不知她晚宴上吃什麼菜。有烤羊小排嗎？她大概吃過什麼奶油比目魚薄片，或者也常吃花椰菜，這些是她在書中出現的食物，她的廚房實在太乏善可陳了。不知常感焦慮的她，是否只吃冰淇淋、巧克力、手工餅乾、起士蛋糕，甜食可以使人心情放鬆。也許，她常常什麼都不吃，只是不停地抽煙，廚房中沒有菜香、飯香，只有煙味，她夾著煙在廚房進進出出，構思那麼多小說，《星期一還是星期二》、《航向燈塔》、《三枚金幣》、《奧蘭多》……木櫃中的咖啡豆已經過期很久，紅茶霉潮不能喝了，她始終未曾發現。

親愛的維吉妮亞，清燉牛肉要放月桂葉和酒，她每次總拿捏不準火候，燒焦了，燒糊了。她說，英國一個廚子所扔掉的東西，可供法國一家人生活，烹飪一到英國，真是一團糟。扔掉的東西可多了，她忘了廚房中的葡萄、香蕉、梨、白菜，扔棄的比真正吃掉的多。腐壞的豈止這些，有魚子醬、鵝肝醬、覆盆子醬、無花果醬，全成了廚房擺飾，上面蒙著一層灰，自買來後就未曾動過。

吳爾芙煮的牛肉湯，一定夠嗆。

冬夜漫漫

因為怕冷，我特別討厭冬天。因為天冷鼻子容易過敏，冬夜總睡得不安穩，於我，冬夜特別漫長，在不能成眠的長夜，只適合閱讀與學術研究無關的書，那叫做排遣寂寥。

讀捷克作家赫拉巴爾的《過於喧囂的孤獨》，書中的主人公是一個在廢紙收購站工作了35年的打包工，小說的一開頭就很有意思：三十五年了，我置身在廢紙堆中，這是我的love story。三十五年來我用壓力機處理廢紙和書籍，三十五年中，我的身上蹭滿了文字，儼然成了一本百科辭典……作者寫的是他自己的經驗，曾獲得法學博士學位的他在廢紙收購站當了四年打包工，目睹所有巨人的著作被摧殘、碾成紙漿，然而，那個陰暗潮濕的收購站是天堂，打包工從一無所知變成滿腹經綸，他信手拈來都是老子、萊布尼茨、康德或尼采的話語。赫拉巴爾卑微的小人物找到天堂，也給我一個在寂寥冬夜的天堂。

冬夜橫豎睡不好，在不能好眠時讀了幾部好得不得了的書。塞萬提斯的《唐吉訶德》很早以前就讀過的，重新再讀是為了楊絳女士的譯本。林紓、傅東華都譯過英譯本《唐吉訶德》，戴望舒努力學西班文就為了想從原文直接翻譯，後來楊絳女士根據西班牙文直譯的本子出版了，叫《堂吉訶德》。楊絳女士的名氣當然不敵丈夫錢鍾書，然而她寫的散文《洗澡》是經典，我因此喜歡她的《堂吉訶德》，作家的譯筆畢竟與普通譯者不同。

《梵谷傳》的作者老是記不起來，卻記得譯的人是余光中先生，詩人譯筆流暢優美自不必言，甚至是一種重新創作。《貝多芬傳》的作者是大作家羅曼羅蘭，而譯者是公認的名家傅雷，再沒有更一時之選了。在陰雨不斷的漫漫冬夜，我選的書還有馬奎斯的作品，宋碧雲譯成《一百年的孤寂》，她的譯筆也深獲好評，還中譯過林語堂寫的英文本《蘇東坡傳》。在萬念俱灰的寒夜，獨看窗外的淒迷街燈，對梵谷、貝多芬、蘇東坡的寂寞體會自是深刻。

吳潛誠教授譯的卡爾維諾小說有兩部《給下一輪太平盛世的備忘錄》、《如果在冬夜，一個旅人》；後來，每個人都在讀《如果在冬夜，一個旅人》，卡爾維諾受到關注了。作家紀大偉的譯本也很有可看性，《分成兩半的子爵》、《不存在的騎士》、《樹上的男爵》，我對年輕作家的小說不熟，卻對他譯卡爾維諾的小說很喜歡。

在冬夜，睡不好，我讀小說，也比較名家譯本。我是那個在故紙堆中穿梭徘徊的小人物，想要覓尋天堂的溫暖。

> 假如我擁有幾塊天堂裡的繡花布，那用金色和銀色的線織成的，代表著白晝、黑夜和晝夜交替的藍色、黑色和灰色的布，我願舖展在你腳下。而貧窮如我，只

有夢，我已將我的夢鋪在你腳下，輕輕地踏，因為你踏的是我的夢。

—葉慈〈他願得到天堂裡的布〉

蘇東坡是射手座

偶爾在書店逛逛，才發現架子上有關星座的的書簡直可以用滿坑滿谷來形容。那個叫陳靖怡的星座專家被殺，我才知道有一個那麼紅的星座專家；也才發現有人叫什麼星星王子，專門在探討名人的一年運勢或一週運勢。學生們說起星座來頭頭是道，有人猜蘇東坡可能是射手座，又有人說他是牡羊座，而李白從雙魚座、天秤座到天蠍座都有；讀了二十幾年中國文學，不知道文學也可以這樣研究。

翻翻所謂Z世代、E世代的文學作品，才發現原來作者可以介紹星座，獅子座有太陽、月亮、木星相合，天蠍則有火星、日月相合，處女做有金星、天王星和冥王星，又是什麼星落在溫柔的雙魚座，與水星角度和諧。文學作品好不好似已無關緊要，讀者在乎的倒像是作者要什麼星座，才能寫出溫柔、浪漫、唯美、夢幻或知性、批判、驚悚的小說內容。

學生對星座奉若圭臬的情形實在令人嘆為觀止，他們動不動就說我的說法不像金牛座的，個性不像金牛座的。女兒一出生，他們就說射手座的愛自由、不受拘束、意見很多、喜歡藝術方面的學科，結論是，女兒以後會很彆扭，自我意識很強，很難管教的。這點我倒也不操心，本來小孩子也不能約束太多，要尊重他的興趣發展，只要別太離譜就行了。

兒子據說是巨蟹座的，是很戀家、漫不經心、隨和的星座。學生說，慢吞吞的巨蟹座以後很可憐，強勢、急躁的射手座會處處嫌弟弟，弟弟會變得很壓抑，甚至自卑。射手座以後會不會受不了巨蟹座的溫吞個性？不得而知。然而，現在剛會爬行的巨蟹弟弟倒是常搶射手座姊姊的東西，搶不過就用手打人。

送女兒到幼稚園，老師說起她總是以「很有主見」作結，我順口說了句她很倔強的話，老師馬上說「她剛過生日，是射手座。射手座的人本來就是那樣。」又問：「您是什麼星座？」我一回答後，老師大笑起來：沒關係啦！射手座鬥不過金牛座。輪到我啼笑皆非了，原來金牛座的人那麼厲害。

母親一直說我八字好，一生應該衣食無憂。言下之意，母親是在向我表功，她將我的八字生得好。沒想到，八字的說法已經和故去的母親一樣，漸漸與這個世界脫節，現在，星座當道。我不信八字，更不信舶來品的星座，我處在時代的夾縫，記不清楚蘇東坡的八字，也讀不懂他的星座。

到天堂的距離

市面上討論死亡的書很多，什麼生死書、生死學似乎成了顯學，甚至也有很多書教導父母如何告訴小孩面對死亡，這幾年遭遇了孫師母、母親、父親的往生，也有不少老師輩、同輩的病故，心中的悲慟和複雜的情緒莫可名狀，對學理上的死亡論點有些排拒，好像都覺得是隔靴搔癢，沒有談到什麼了不起的重點。

女兒兩歲多後，一樓過媽媽養的叫露西的狗走了。女兒每日往返家中與保母之間，總要見露西兩面，打打招呼，一日下午忽然不見狗來相迎，我們說露西上天堂了。女兒此後未再問起，好像早忘了露西的事。一年後，二樓孫師母去世，女兒天天都到二樓的，她對奶奶的去世似乎很快接受，說詞是「奶奶跟露西一樣都去天堂了」。

外婆的病逝，女兒忘得更快，因為外婆不像孫奶奶一樣每天都見到。後來，過媽媽剩下的兩隻狗又走了一隻，女兒說「Lucky去天堂了，我會想牠，不過以後姑姑餵狗只要餵一隻就好了。」她明確的知道，去天堂就是表示永遠不會回來了。

女兒問「天堂為什麼那麼遠？」我問她為什麼認為天堂很遠？她說「因為回不來了呀！」死亡的意思就是永遠見不到了。然而，站在大人的觀點看，生命有時候的哀傷甚至超過死亡。萬一活著永遠不再相見，或是相見沒有情感，是否與陰陽相隔無異？人世彼此的距離是否就比到天堂的距離短？

有個朋友年近九十的老父在去世前兩年幾乎百病叢生，當然也意識不清，他與兩、三歲的孫子日日同一飯桌，卻似兩個世界的人，唯一相同的是，兩人都要朋友餵飯。朋友說起老父與兒子從無交集，每每不勝唏噓；祖孫二人，一個是與世界再無相干，一個是對世界還未認識。

父親要離世前的情況也差不多，他常說夢到去世的母親，常說好像母親去他房裡。父親還在的時候，我就常覺得他似乎與我們越來越遠；他一走，我反倒不時就想起他的種種，有時甚至以為他還會打電話給我。如果父親打電話給我，我很想與他好好聊聊，聊我們對他的愛，聊我們的父女一場，原來都是白白錯過，從未彼此了解。

距離，好像不是有形的。

與玉米田一起醒來

一行六人，像要逃難似的，十幾億人口的中國人，每次的出門都像要逃難，連要買個燒餅油條什麼的都擠得像逃難。我們進入擁擠的北京火車站，要搭往太原的火車。

兩個不解事的小孩開心得像小麻雀，吱喳個不停，看到路邊的新鮮玩意什麼都想買一個，他們連車站前以大地為床的盲流都好奇，「為什麼他們不回家睡覺？」「那我們為什麼不在家睡覺？」「因為我們要去旅行，我們要去平遙、去喬家大院。」大家都想離家出走，每個人離家的因素都有複雜的原因。旅行，是為了歸返。每一次歸返，都覺得自己不一樣，連帶他身邊的人事也不一樣了，似乎變好了。小別勝新婚，原來適用於任何地方任何人事。

搭的是夜車，夜裡從北京站出發，列車進入太原前，先經過忻縣、榆次，經過一些可能是一百多年前晉商喬致庸去過的小縣城。天濛濛亮了，列車上的人與外頭大地上的玉米田一起醒來。一大塊地一大塊地都是玉米田，偶有一兩棵向日葵站在其間，黃色的大花很是招搖，許是去年種過向日葵花田，今日改種玉米，而向日葵不甘心，執意要再長，拔也拔不去。

對山西的先前印象有些奇特。開始是來自鴻海集團的富晉計畫，有錢的山西人郭台銘說他的父親遺願要他一定要幫助同鄉富有起來。接著，是家裡人每天著迷於「喬家大院」的電視劇，戲中的主人公喬致庸原是祈縣人，他放棄科舉，繼承祖業，經商致富，富可敵國，匯通天下，連當時的慈禧老佛爺都對他的錢打主意。他住的房子就是後來常被電影電視場景相中的喬家大院。

然而，我們畢竟與富豪的層次差距太大，腦海中對山西的深刻印象是別的。從媒體上看到的新聞，山西的西瓜一斤賣兩分錢，瓜農因此自殺。北京的朋友為此說要多吃西瓜，然而，我們能如何吃瓜？在一路看到成堆西瓜的旅行途中，自己始終都是不知人間疾苦的局外人。從喬致庸到郭台銘，山西的西瓜還是賣一斤兩分錢。

在山西的黃土地上與玉米田一起醒來，很難有欣賞向日葵花的心情，只記得一個瓜農的自殺，他端詳著田裡美麗的圓潤的碧澄澄的瓜，一家人三餐不繼，他的感情全被上天給辜負。被負的心情，原是恁地難堪。

欖仁胡同

學校興建大樓，校園內停車位不夠，大部分教職員的汽車要在學校附近找地方停。

汽車停在學校後門的故宮路轉角之處。每天，經過故宮路的一條巷子兩次，清晨上課，黃昏回家。日子有些不一樣了，路上，風景無限。

巷子內有人家的院子晾一條男人內褲，是有紅玫瑰花的內褲，向晚微風中，紅色玫瑰花飄著飄著，有些滑稽感。玫瑰花的隔壁圍牆上攀爬著紫色牽牛，近看才知是假花，塑膠的，上頭還有清晨的露水，經過正午炎日曝曬，不能蒸發的露水。玫瑰花對門是一大棵亭亭如蓋的小葉欖仁，在仲秋天氣中兀自不肯枯黃，清綠一大片，幾乎將兩層樓高的屋宇淹沒。

中年，記性變得很差很差，想不起故宮路上的巷子是58巷或62巷，在腦海中最直接的印象是欖仁巷、青楓巷，或栽植兩棵果樹的芒果巷。小巷不知怎麼令人想起住過的飯店，地址在金魚胡同一號。巷弄變成胡同以後，突然優雅許多。在胡同的半日遊中，時間慢悠悠地倒帶回去，回去單純素樸的年歲裡，一直想在小巷小弄的轉角處開一間小小的咖啡館。

開一間咖啡館，店招也想好了，就稱「欖仁胡同」。咖啡館有許多杯子，引人矚目的是一個有汪曾祺畫作的杯子，一朵含苞的荷，孤挺向上，題目是「煮麵等水開」。攪拌的小湯匙有圓柄的把，胖瘦不一，乾淨的簡單的，沒有雕飾任何花樣。

在咖啡館是為了可以喝一杯好喝的焦糖瑪琪朵或卡布奇諾，也是為了偶爾可以讀幾頁精彩文章。咖啡館中有馬奎斯、本雅明、茨威格、波赫士、吳爾芙、卡爾維諾、赫拉巴爾、司馬遷、蘇東坡等駐館作家。冬天時可以讀到《百年孤寂》，秋天的午後可以欣賞蘇東坡《寒食帖》，還可以讀一段阿根廷詩人波赫士對《紅樓夢》的評價，他以為全書充斥絕望的肉慾，他讀的是德文版的《紅樓夢》，這點讓我們不禁懷疑，波赫士讀的是《金瓶梅》？

春天的午後，欖仁胡同中一棵杏樹開了花，脫俗出塵的小白花在雨中紛紛飄落，咖啡館門口一位拿著黑膠唱片的中年男士撣熄他煙斗上的煙，進來將維瓦第的四季放在桌上，他點了一杯招牌黑咖啡後，開始跟同桌拿著小提琴的大學生模樣女子說吃素的好處，吃葷的人死後會有一群豬啊、牛啊、羊啊、魚啊跟著討命。

欖仁胡同咖啡館中賣棗泥餅、南瓜餅、栗子餅，也賣幾個芝麻球、馬蹄條，或蔥油餅。如果可以，咖啡館中絕不賣玉米湯，想賣的是筍片湯、竹笙湯或東坡愛喝的河豚湯。

你認為欖仁胡同咖啡館賣的東西荒謬嗎？誰規定咖啡館中只能賣咖啡。你不是曾經去過巴黎的咖啡館，咖啡館的賣點是沙特與西蒙波娃，他們常常去那兒約會喝咖啡，兩人習慣坐的位置，喝一杯咖啡要比別的地方貴幾倍，只要是自己的咖啡館，要賣什麼誰管得著。

我的世界一片純白

浴室有一大片窗玻璃，每天，我見到外頭形形色色的樹種全清清楚楚兀自在那裏綠著黃著。端午節早上，刷過牙，一轉頭，一隻松鼠在樹幹間跳著跑著，不時停下來啃食他的早餐，果實被開啟的嗶剝聲在寧靜的林間十分清脆悅耳。

我突然想起外婆，外婆從未見過松鼠，我很確定，她未見過我曾見過的許多事物。

外婆不知我長什麼樣子？她總是用手仔細摸我的臉、鼻子、額頭、耳朵、手指頭，母親在旁邊一直說「真親像」、「像一個模子印出來的」。外婆也不曾見過我父親的模樣，她的眼睛很早很早就失明，在母親未出嫁前，說是哭我早亡的外公而失明，或說是哭我早夭的小舅舅而失明，甚至說哭她不知如何照顧無父的六個稚齡小孩。搬離開澎湖小島差不多兩個月，外婆就病故。我讀了中學，從此外婆未再出現，連夢境也無。

我記得外婆的種種，她燒柴煮地瓜、餵雞鴨、甚至殺石斑魚。我記得的外婆，好像她的眼睛是看得見，我們一走近，她就說：某某，你來啦！外婆喜歡到左鄰右舍串門子，夏天南風吹拂的午後，她靜靜地坐在陳家門口或蔡家門口，聽幾個與他年紀相近的老太太談下海的種種，偶爾也露出笑容，插一兩句話，像似參與她們去抓章魚或挖海蚌的行列。慢慢地，外婆又回來了，當我讀到盲詩人波赫士的作品時，外婆回來煮了一碗地瓜湯給我吃；我讀馬奎斯小說中那個為了適應失明而提前在黑夜工作的木匠，外婆也會回來，她一面刮石斑魚的魚鱗，一面說魚鱗一定要刮乾淨。

大舅舅家有六個孩子，盼望女兒的舅舅在第六個兒子降生時，他失望地哭泣，外婆罵他：生查某囝仔有路用？小妹出生，東北季風，船無法出海，母親在家自己剪臍帶，外婆幫忙燒熱水。她老去摸小妹的頭髮，說頭髮「真水」。眼睛看不到怎麼知道？我問外婆。「知曉事情不一定要用眼睛。」外婆說。

在那個離島的小漁村，走來走去就是一條街，外婆家5號，我們家在西邊，是15號，距離很近。外婆說她見到的是一片純白世界。許多年以後，我覺得自己與外婆很像，我們不能見到人世的髒污。外婆是幸福的，她的世界沒有缺憾。

一個女人一生中的24小時

去北京除了買桃買梨就是買書了，在王府井涵芬樓書店買了一疊納博科夫的小說，《洛麗塔》的中譯本在台灣已經絕版了，上海又有新的譯本，當然一看到就毫不遲疑地買下，也買了納博科夫的《斬首之邀》、《絕望》、《黑暗中的笑聲》；本雅明的書台灣也少有翻譯，《單行道》、《駝背小人——1900年前後柏林的童年》、《發達資本主義時代的抒情詩人》都很吸引人，以後有空慢慢讀。凌晨一點，回到台北家中，納博科夫、本雅明、波赫士、茨威格、卡爾維諾，和一大袋換洗的衣物散落在客廳地板上。

那些半夜常常不寐的偉大靈魂呼喚你，你一早又醒來，順手拿起架上的台灣版茨威格中譯本小說，首先看到的專家學者的推薦，這個時代，每個角落都需要導師諮商師或法師。其實，在不久前，你也去當了一次推薦書籍的教授專家，姓名淹沒在封面密密麻麻的各路英雄好漢中。你對臺灣的版本還有一點抱怨，書中對譯者背景隻字未提，倒是在封面、書前對導讀和推薦者的頭銜做了交代。

喝咖啡時想起茨威格，「我不在家，就在咖啡館，不在咖啡館，就在往咖啡館的路上。」來你家的婆婆也醒了，她在你煮咖啡時煮一大鍋黑糊糊的中藥，說是神明派給她的，喝了可以治暈眩、脹氣和高血壓，反正什麼疑難雜症都能治。睡不好，也能治失眠，她給了一個良心的建議。

你回到台北的第一個上午，花在安撫婆婆的心情上，她不相信台大榮總新光各醫院的醫生，比較相信廟祝，廟祝說神明主張農曆七月不能去醫院做大腸鏡檢查。啊，一面讀茨威格，一面喝咖啡，你拿錯了杯子，將婆婆煮的中藥喝了大半杯，在接下來的24小時，你的胃中全是藥草的味道。

茨威格寫的小說極多，在臺灣大家熟知的非〈一個陌生女子的來信〉這篇莫屬，出版社所出版的中篇小說選就以此來當書名。其實吸引人的還有〈一個女人一生中的24小時〉這篇，也讓你常常省視，身為一個女人一生中，每天的24小時都是如何過的？這篇小說有個精神分析學會理事長的導讀，他以精神分析詮釋這篇小說，涉及的是文中女主人公的情慾觀。晨曦一進入室內的夏日早上，沒有讀出所謂的情慾觀，24小時的某個時刻，你需要在廚房煎荷包蛋或用夫人牌果汁機做一杯精力湯。

廚房流理枱的水槽漏水，下面堆放的台北市專用垃圾袋、花肥、南僑水晶肥皂等一干雜物全泡在污水中。你花了一個下午修理水龍頭，止水帶纏繞又纏繞，徒勞無功，水龍頭辜負你一番苦心。在你的焦點全在水槽上時，爐子上的排骨湯滾沸溢出，山藥的白色汁液漫延一大片。突然，想起一個女作家的母親，她在廚房出出進進永遠一襲典雅旗袍。你走出廚房時，前額的瀏海全黏貼在一起，汗味、排骨汁夾著肥皂泡。

在寫稿子時，你才發現小孩已歪躺在沙發，沉沉睡去，身軀未洗，放在腦後的手還存有下午挖水坑的泥。而你，只忙著寫稿子，寫一篇從媽祖到虎姑婆到矮黑人的論文，論神話傳說與文化信仰的關係。從西方到中國，會吃人的野狼、老虎全假扮外婆；西方人的grandma只能理解成外婆，不能說是奶奶，如果奶奶住在森林那一頭，這一家的爸爸媽媽可是要負擔不孝的罪名的。台灣的虎姑婆不是特例，漳州、惠安、永春、南安、同安、廈門等閩南的東南沿海一帶，都流傳虎姑婆類型故事，而非狼外婆虎外婆，可見台灣虎姑婆故事有閩南地緣的影響。啊！連一則民間故事都很難與閩南文化切割。

睡前你按慣例打開電腦收學生的e-mail，知道你認識的男教授一而再再而三地選系主任，系主任還兼所長。你發現身邊的男人都在忙著當主任、當所長，甚至包山包海，有如大盤商中盤商，國家考試、大學入學考試、研究所考試、學位論文考試，終其一生，以出題、閱卷、口試為職志，當召集人的教授可以有籌碼，你與他有交情，就會批發到閱卷的機會，賺一點外快。身為女人有個好處，如果你每天待在廚房，別人會說你是賢妻良母，而男人會被批評沒出息。你每一個24小時可以做的事太多了，一會兒在廚房一會兒在書房或在菜市場或在咖啡館，你在夢中對著漏水的水槽，滿意得微笑起來。

第三輯

栗子或茄子

知識份子的食譜

難得在家閒晃，星期天的上午在門口給小雛菊施肥料、剪枯枝，還睡一個飽滿的午睡。人到中年，身邊的朋失都嚴重失眠，有時簡直不敢說自己隨時要睡就睡，似乎連掛著都能睡著，奢侈的生活，眾人皆醒我獨睡，那是人民公敵，朋友恨恨地咬牙切齒說。

話說星期天午睡醒來，決定做一鍋咖哩雞，將雞丁稍微油爆過，洋蔥切丁，還有胡蘿蔔、洋山芋，菜名全是洋玩意兒，當然，洋山芋也能姓馬，叫馬鈴薯，北京人還叫成土豆，如果在市場說洋山芋或馬鈴薯，小販一定大聲吆喝，再問一次。煮一鍋咖哩雞，不只蔬菜全洋名，連咖哩都是日本貨，臺灣出產的咖哩也用過，味道就是不對；有時只能認命，反正，咖哩雞不是一道臺灣菜。臺灣菜數得出來，什麼佛跳牆之類，也是閩南菜；有一次市長選舉還用披薩、包子來比喻外來與本土，說的人可能沒想清楚，臺灣從來就是米食為主，以前怎麼會有燒餅油條包子？我的澎湖人母親一輩子都不吃來自皖北父親的麵食。

丈夫常嘲笑我嗜讀到每天似乎都像要準備大學聯考。我一面注意火候，一面讀一本書《食物的歷史》，書名的副標題寫著：透視人類的飲食與文明，應該是譯者加的，提醒每個人在吃咖哩雞時，一定要想到李維史陀的生食與熟食，火讓人類從此脫離動物性的生食，只不過偶爾才吃一下生蠔或生魚片罷了。譯者韓良憶還譯過兩本好看的飲食書，《如何煮狼》與《牡蠣之書》，她的許多創作也與飲食有關，《我的希臘小館》、《流浪的味蕾》、《青春食堂》、《鬱金香廚房》等。

在大陸上每每拿到學者的名片，幾乎都覺得他們的頭銜多得嚇人，就像臺灣社會，每個人都是董事長，不是周董就是李董。而有時名片上會出現這樣的頭銜，高級建築師，難不成還有一種低級的建築師？語病也不只這一樁，有時會聽到高級知識分子這個詞，似乎還有低級的知識分子。

好了，既是知識分子讀書，我大學的老師說一定要讀唐宋八大家文章，最好的就是韓愈、柳宗元，社會菁英關注的要是家國天下或歷史興亡，什麼〈師說〉、〈原道〉、〈祭鱷魚文〉，我在課堂上打瞌睡，為什麼男人的文章都是冠冕堂皇的經世濟民、仁義道德？

也許是出於一種不滿，近年來寫食譜的女性作家非常多，而且寫得又好看又好吃，隨便一舉就一大串菜單，林文月《飲膳雜記》、王宣一《國宴與家宴》、張曼娟《黃魚聽雷》、黃寶蓮《芝麻米粒說》，蔡珠兒寫得最多，《雲吞城市》、《紅燜廚娘》、《饕餮書》。基本上，只會吃不會做的知識分子寫起食譜來有點隔靴搔癢，如梁實秋或周作人，我不信他們會下廚，從沒洗過菜切過肉殺過魚，寫什麼食譜？然而，沒辦法的事，我還是得提一下袁枚，袁子才是袁才子，在清代就出一本食譜，《隨園食單》；他是一個誠實的男人，坦然承認自己愛吃好色，「袁子好味、好色、好葺屋、好遊、好友、好花泉竹石……」。袁枚是知識分子中少見的有人性的。最近買了一本新出版的《隨園食單》，封面上的作者竟印成袁牧，臺灣的出版簡直沒救了，可見研究食譜的男人很難引起共鳴，大家只知道寫〈祭妹文〉的袁枚。

到林語堂家吃飯

林語堂故居與錢穆故居屬於東吳大學的「其他單位」，在東吳大學的網頁上有相當篇幅的介紹。通常大學中有學術單位、教學單位或行政單位是很自然的，而「其他單位」就有點說來話長，簡單地說，這兩個文人學者故居現在屬於台北市文化局，而東吳大學在經營，說經營又有點奇怪，好像東吳大學是公司似的。

喜歡林語堂，是推崇他的生命情調，因為他愛吃，懂得生活的藝術。去林語堂故居，總是為了在故居那個優雅的環境吃一頓飯或喝一杯咖啡。

網頁上大概是這樣介紹林語堂故居的。林語堂故居座落陽明山腰，興建於1966，由林先生親自設計，是他生前最後十年定居台灣的住所。建築是以中國四合院的架構模式，藍色的琉璃瓦搭配白色的粉牆，其上嵌著深紫色的圓角窗櫺。從西式拱門走進，穿過迴廊，可見透天中庭。1976，先生長眠於故居後園；台北市政府為紀念林語堂先生的文學成就，於先生故居成立「林語堂先生紀念圖書館」。2005，東吳大學接受文化局委託經營林語堂故居。

介紹故居並非為了幫忙打廣告，主要是介紹「有不為齋餐廳」。這裡原是主人家餐廳及客廳的所在，如今開放為吃飯品茗的空間；推開木門，延伸出的陽台是林語堂生前常來的地方。他曾寫道：「黃昏時候……看前山慢慢沉入夜色的朦朧裡，下面天母燈光閃爍，清風徐來，若有所思，若無所思。不亦快哉！」。當然還要推薦菜單，有同安燒豬腳、廈門蒸魚排、紅燒獅子頭、無錫排骨肉、碳烤豬排、蜂蜜芥末烤雞腿、菠菜乳酪烤雞腿。林語堂對中國食物情有獨鍾。

林語堂在他的成名作《吾國吾民》中，曾對我們悠久的飲食文化感到自豪，他讚賞中國人領受食物像領受性一樣。這麼愛吃的作家，這麼率真的個性，比一些滿嘴仁義道德、愛國愛民的學者要有人味多了。

林語堂曾說最理想的生活是：「住有美國暖氣的英國木屋，有個日本妻子，法國情婦，和中國廚子。」可能說的是玩笑話，卻可見他肯定中國食物是全世界最好的。林語堂對西方食物的批評真是深得我心，他說歐美的菜餚過於單調，不知變化。在烹調中，對於燒煮蔬類更為幼稚；第一，所用的蔬菜類太少；第二，只知放在水中白煮；第三，總是煮得過度，以致顏色黯淡。他又說西方的湯類花色少，不懂葷素混合烹煮，如蝦米、冬菇、筍、冬瓜、豬肉等配合，便能煮出幾十甚至百種的好湯；西方人也不知利用海產做湯，江瑤柱只知炸了吃，而不知乾的江瑤柱實是做湯的最佳作料。

懂得吃的人才懂得生活，才真正是藝術家。去林語堂家吃飯，主人有情趣，建築有品味，同安豬腳好吃，當然，要常常去的。去林語堂家，只想到吃飯，常常是壓根兒不想讀他的小說或小品文，他的作品幾乎都是以英文寫的，為了方便西方人閱讀，翻譯成中文時已是面目全非。在林語堂家吃飯時，有時候不禁會想，林先生會不會因為未曾寫一部中文版的《京華煙雲》而遺憾？他會不會在意自己的同胞讀到的是他被翻譯得很差的小說？

回味

中文的字句有時實在令人一唱三嘆，玩味不已，「回味」就是如此，這個詞取得真好。尋思起來，生命中所記得的不外是食物的味道；我們用食物去拼湊過往歲月，也用食物去記憶我們所愛的人的相關總總。

童年，我討厭所有一切辛辣或香料食物。父親出生皖北，非辣不吃，而包的餃子中一定放了很多薑末，菜餚中非大蔥即大蒜，他愛香椿芽、九層塔、芫荽，自嬰孩記憶開始，我不喜父親身上的怪味。而妹妹對父親喜愛的食物似乎也一直是排斥的。在全家都認同母親數年如故的乏善可陳菜餚下，常常一人品嚐獨享特有食物的父親應是有一番淒楚的況味。

父親棄世以後，對他所有的記憶似乎無可避免地漸漸淡忘，然而，對他生前的食物喜好卻異乎尋常地熟悉起來。從前我一向避之唯恐不及的食物成了新歡，在三天兩頭的採買中，我始終買的是父親生前愛吃的東西。在曾經形同陌路的父女之情裏，中年後與父親的相同口味得到一種和解。

在似有若無的戀情中，一兩位男孩因為我對食物的極度輕淡而努力配合。我卻在他們對食物的過度包容下，見到自己似乎是刻意以否定父親的食物來否定他。女兒兩三歲以後最愛的一道菜是「涼拌小黃瓜」，那是我自幼在餐桌上日日見到而從未想到去嚐一口的，小女兒喜愛的涼拌小黃瓜要有拍碎的蒜瓣，要有辣椒，要有香油和醋，她常常就要求我婆婆為她做這道菜。是不是在隔代遺傳中，也會遺傳口味？

當我在廚房中為了少一根蔥或兩粒蒜而煩惱時，童年時父親的形象總會到眼前來。的確，我們回味的相關一切原來都與食物結合著，那是所謂媽媽的味道或爸爸的味道。以後女兒回味家中的廚房時，可能會有許多的薄荷葉、薰衣草、肉桂或洋香菜葉的味道。

廚房

家中請來一個幫忙的印尼阿姨後，這一兩年我幾乎全心全意忙寫學術論文，很少插手廚房的事，家人偶有抱怨飯菜不合口味，卻也不好大聲嚷嚷，怕主廚的阿姨不高興。有一天，讀小學的女兒心血來潮，堅持要我烤蛋糕，說是她想幫忙打蛋。

第一次因為烤箱的時間設定太久，蛋糕發是發了，烤成焦黑，浪費兩顆蛋。鍥而不捨，又打了兩顆蛋，先打蛋白，發了泡，再打蛋黃，加糖、加牛奶，女兒興奮得什麼似的，骨碌碌的大眼一直靠近烤箱瞧；不知怎麼的，蛋糕沒發，外面焦了，中心還是黏糊糊，完全失敗。印尼阿姨看不下去了，將便當盒刷洗乾淨，又打了兩個蛋，將女兒趕出廚房，怕她貼在烤箱旁燙傷了。折騰了半天，女兒終於吃到了那個色香味俱全的蛋糕，她可沒有一絲笑意，說是她沒有幫忙做蛋糕。

看到女兒對廚房的興致勃勃，就想起母親的疏懶，她因為與父親的婚姻不夠如意，而對家事意興闌珊，父親吃的麵食都是自己做的，母親的米食從未被丈夫認同過，她不曾在飲食上獲得他的心。在我成長的歲月中，母親早早就將煮飯炒菜的權利放棄，任由女兒去胡作非為，我小學三年級就會用拉風箱的大灶做三餐，住海邊，我對殺活石斑魚、活鰻魚，刀法俐落得很。負笈在外，我喜歡請客，喜歡做干貝蘿蔔球，喜歡蒸煮蝦、蟹，喜歡在夏天做一道涼拌青木瓜雞絲……結婚以後，我深刻地體會到主中饋的意義。原來，在餐桌上能指揮若定才是一家之主，而母親的婚姻從無揮灑的空間。

有個朋友說她的母親做菜完全是職業水準，看不慣女兒們的上不了檯面，在娘家從輪不到她下廚；結婚後，廚房是婆婆的地盤，根本沒有她立足的空間，擺明了媳婦不能當家做主。其實，朋友的怨氣也是無謂，她原本還認為女人整天下廚是自甘墮落，以前一說起燒菜種種，她往往一臉鄙夷。

當然，廚房與聖人君子根本也無關，不過是一種生活樂趣罷了，我沉迷所有食物的味道，是婚姻中柴米夫妻的平常，是一種幸福。再過兩個月，印尼阿姨就要離開了，我要重回廚房，我有收復失地的喜悅。

有許多學術界的女教授幾乎很少碰鍋鏟，有人的廚房爐子只用來燒開水，理由是煮飯燒菜浪費時間，妨礙讀書、寫論文。相形之下，我沒出息得很，往往一個星期天，從早餐的黑豆漿、薏仁漿、地瓜稀飯到中午的夏威夷炒飯，晚上的咖哩雞、紅燒肉，幾乎忙到連喘息的時間都沒有。

在廚房的自己，是另一個快樂的女人，不同於書房的。

栗子

也許是讀了一些文學作品中談到栗子的關係，一直對栗子情有獨鍾，學生時代偶爾在西門町看到賣糖炒栗子的，總要垂涎三尺，徘徊不忍去，卻礙於阮囊羞澀，幾乎不曾買過。成為薪水階級後，偶有吃栗子的念頭，卻總是找不到賣栗子的攤販。

第一次痛痛快快的吃栗子是在漢城，下雪的清晨，天氣凍得人連思考的能力都沒了，遇到賣烤栗子的小販，我以身上的零錢買了一大包。冰天雪地中熱騰騰的烤栗子，抱在懷中心滿意足至極。一整天在大街上恍恍惚惚的閒蕩，吃著手上的那一大包烤栗子，總也吃不完，夜深了，卻絕望的在旅館前的雪地上哭一場。那樣痛徹心肺的情感糾纏終於結束了，我把吃剩的栗子丟棄，心裏痛得不得了。

在日本的旅行，似乎也記得三天兩頭在博多車站買天津甘栗，想像中文章上常常出現的糖炒栗子，大概就是那個味道了。

每日黃昏回到下榻叫「室見」的地方，手上總拎著一大袋栗子，一面言不及義的寒暄，一面剝著栗子，放了滿滿一大盤。相識不久的朋友信手拈來吃著吃著，吃了一嘴的薄荷油。那段日子天天鬧頭痛，抹額頭的薄荷油幾乎不離身。

朋友一臉的無辜表情中似曾相識的笑意，在頭痛之餘令人心驚。許多年後的道別極為艱辛，只記得辜負人的傷痛。

歲月中記得的全是栗子的種種。在傷痛與甜蜜的夾縫中往來於溫州街，上課的因百老師老了，只有喚作「栗子」的狗兒，每次總在門鈴響時使勁狂吠，老師也難得疾言厲色的大喊：「栗子！不要叫。」

年輕時住北京的老師說，狗兒取名「栗子」，因為毛色像栗子顏色。老師離世時我在北京，在王府井看到賣糖炒栗子的又忍不住買了，卻覺得栗子的味道全走了樣。多年了，一直記得老師要栗子不要叫的神情，又愛又喜的。我與兒子談及叫栗子的小狗，他給了一個難題：小狗顏色是像栗子的殼，還是像栗子的裏面？唉，竟答不出那隻狗的樣子，只記得他名叫栗子。

蘇州大學前的十全街有家叫「栗子大王」的店，糖炒栗子再新鮮不過了，在那兒當交換教授的兩個禮拜中，幾乎天天去買栗子，有時去晚了，栗子已是一粒不剩。

與一位朋友，因為同是開會之便，常一起散步，兩人就在閒話家常或各自說往事的散步中，將一斤糖炒栗子吃個精光。開會的朋友先回台北，我搭火車去杭州，在車上又買了一包栗子，感到一種幸福滿溢的味道。原來，人間天堂不過如此。去杭州見的是一個十五年前見過一面的朋友，兩次的晤面都似見平生知己。

車前子的《好吃》一書中也對蘇州的栗子有所評論，卻讓我大吃一驚。他說他在蘇州三十年，沒吃到過好的糖炒栗子，街上炒栗小販炒的是陳年栗子，完全可以把「糖炒」改成「唐朝」，陳年得像似唐朝栗子，可能博物館的人喜歡。蘇州人車前子說他不喜歡蘇州或許就是炒栗小販造成的。相形之下，我像是個鄉下人，卻對蘇州栗子情有獨鍾。對蘇州的印象竟只剩糖炒栗子，或是緣由那一次與朋友晤面的心情。

家中早已兵荒「鹿」亂，有時仍會偷閒專程去買個栗子蛋糕，或者栗子口味的鯛魚燒來配下午茶，最多的情形卻是買新鮮的栗子。買兩斤栗子回來慢慢烤慢慢剝，自己卻不大吃了，兩個小孩都在桌邊等著，等著剝好的栗子輪流送進他們口中。

在市場買栗子的當兒，竟會有怔忡之感，原來不知不覺間，人生就在剝栗子中過了大半。

苦瓜

記憶中，母親不吃苦瓜，自小及長，我好像從未見過母親吃過，母親已往生，我再無機會問她原因。母親對食物的好惡有十分清楚的理由，我想她不吃苦瓜可能是因為有苦味；或者是因為苦瓜涼性，她對自認的涼性食物一向排斥，比如說白蘿蔔、大白菜或竹筍，幾乎是從來不嚐。

母親的菜色很固定，喜歡的魚、肉、蔬菜永遠是那幾樣，家中的餐桌沒有出現過苦瓜的芳蹤。我始終也以為苦瓜很苦，從未有去嚐的念頭。

大學畢業那個夏天，在外雙溪的路上與一個男子偶遇，然後以為那樣的感覺叫刻骨銘心。只經過幾次晤面吃飯，事情就到了尾聲；多年以後一想，甚至連那個人的面目都恁地模糊，姓名也要努力思索才能拼湊出來。唯一記得的是，那個人喜歡苦瓜排骨湯，我們的第一餐飯在中山北路，專門賣台灣小吃的館子；他點一道苦瓜排骨湯，吃苦瓜排骨，將湯留給我，說湯很好。事情並無想像中快樂，只是苦澀。

朋友有喜歡吃鳳梨苦瓜雞的，雞湯中有鳳梨的甜雜苦瓜的苦，偶爾總有機會在聚餐時嚐到，然而我不是太習慣，像似味道走樣，說不出來的怪異。我曾經在廚房中實驗過一回，結果浪費了雞肉，也損失了鳳梨，後悔不已。

到花蓮師範學院民間文學所去演講，「洪水神話」的討論過後，被招待一頓豐盛的午餐，於是我喜歡上了苦瓜，苦瓜炒鹹蛋，說是客家菜。苦瓜先燙一下，再起油鍋爆蔥蒜，然後與鹹蛋同炒；苦瓜、鹹蛋，相得益彰，苦或鹹都被抵消了。好像從那一次以後，苦瓜真正成了家中的家常菜，原來不吃苦瓜的朋友來訪，總少不了誇讚幾句，原來苦瓜炒鹹蛋好吃。

或許不是苦瓜好吃，是朋友都入了中年，對人生的體會已然不同，不再耽溺味蕾的享受，苦味成了真味。

而我好像嚐到了「甜頭」，竟然看到苦瓜就買，不只拿來炒鹹蛋，也拿來煮排骨湯，或者涼拌，甚至打果菜汁時放幾片苦瓜，原來一點點的苦才能顯出真正的滋味來，我終於懂得。

食有魚

香港媒體報導台灣的石斑魚檢驗出孔雀石綠，孔雀石綠是一種致癌金屬物質，是養殖業者為了增加魚類的賣相及色澤，鋌而走險而導致的。一下子，石斑魚不但被一向喜好美食的香港人拒絕，連台灣的市場也失去了。我記憶中的石斑魚不會有什麼孔雀石綠，那是大海中野生野長的。

石斑魚是我童年最熟悉的魚，幾乎三餐都出現的，是我最不愛吃的魚，避之唯恐不及。家裏的石斑魚有的是舅舅釣的，有的是母親退潮時去抓的，石斑魚一多以後，早餐吃的是油炸石斑魚乾，中餐吃清蒸石斑魚，晚餐是石斑魚湯。除了石斑魚，似乎也不太記得餐桌上還有別的菜。當然，有時是客人來時添一道酸菜豬血湯，有時是逢年過節拜拜多一隻雞、一塊五花肉，甚至多一道韮菜炒魷魚，我喜歡那些多出來的菜。

我們像似富貴人家，餐餐有魚，而且是外人聞之咋舌的石斑魚。我獨鍾的是河豚湯，澎湖人叫刺規，一直到現在，河豚的美味仍是我山珍海味的首選。河豚都是母親處理的，剝了皮、清除了內臟，煮成湯，我只喝湯。

許多人不識河豚美味。一般俗稱的河豚包括有二齒、三齒、四齒和箱豚科。四齒豚科魚類在台灣俗稱鬼仔魚、規魚等，另二齒豚科魚類因其會吸入海水或空氣而膨脹鼓起，故又稱為「氣球魚」或「吹肚魚」。河豚自古在中國黃海、渤海和東海即盛產很多，且由於暗紋河豚產卵時會溯河而上，在中國古代原稱「江豚」，宋朝改為「河豚」，名稱都是認為其肉可比陸上最美味的豚肉、豬肉。為了避免與海豚混淆，有人喜歡將河豚寫成「河魨」。

說到宋代河豚，不得不提蘇東坡。喜歡美食的蘇東坡是了解河豚的，他寫的「春江水暖鴨先知」那首詩，重點在結尾「正是河豚欲上時」，東坡不會錯過人間極品，陸上的豚肉怎堪比擬？宋人可能很喜歡吃河豚，梅聖俞的〈河豚魚詩〉就被歐陽修《六一詩話》中誇獎過。

「拼死吃河豚」，日本人是最愛河豚的，吃河豚生魚片，河豚皮切絲做成沙拉冷盤，河豚肉帶骨的部分熬成湯底煮火鍋。曾經在網路上看過飯店推出的河豚美宴套餐，兩人要一萬五千元台幣。前些日子回去澎湖，滿桌石斑魚中出現一尾河豚，是舅舅捨不得扔的，順帶上了桌。舅舅是非石斑魚不吃，在他眼中，石斑魚以外都不算像樣的魚，他看我誇讚河豚，臉上馬上有鄙夷之色。

日本曾有個最大螃蟹產地的城市舉辦美食比賽，讓民眾思考對哪一種美食的誘惑是無法抗拒的，螃蟹味噌湯？河豚味噌湯？答案揭曉，河豚比較獲得青睞。可見「拼死吃河豚」不是空穴來風。

什麼黑鮪魚、鮑魚、魚翅等算什麼珍饈，河豚的美味在記憶中留連不去，那是濃郁鮮醇的一種齒頰留香，非人間所有的。

在台北，家裏每餐也會有一道魚，婆婆習慣乾煎虱目魚。以前母親從不買虱目魚的，她說養殖的魚不叫魚，有怪味，沒有魚味。還好母親已經不在了，她不知道石斑魚也是養殖的了，不但有怪味，甚至出現致癌物質。

所見非全魚也

有個朋友喜歡吃魚，卻獨獨討厭雞鴨，他的說法是只要有翅膀的都不吃，烤鴨啊，火雞啊，乳鴿啊，全列為拒絕往來戶。他喜歡海鮮、螃蟹、蝦、魷魚，魚類是無一不愛。我不記得他喜歡的魚是否限定要頭尾具全？

好了，說到我們家的品味，當然不是鹿家吃斑魚的品味，而是常常出現乾煎虱目魚的現在的家，對魚的烹調簡直毫無章法。兩個小孩吃魚怕被刺噎到，因此要避免多刺的魚，虱目魚當然要避免。清蒸鱈魚、烤鮭魚或椒鹽鯛魚最好了，很安全。問題來了，孩子的爸爸不喜歡吃塊狀的魚，他吃魚要見全魚，土魠魚、白北魚、鮪魚、鱈魚與鮭魚都是被嫌惡的對象。為了合父情也要顧子心，在台北的超級市場，能夠選擇的魚有限，餐桌上只好三天兩頭擺出乾煎赤翅或乾煎白鯧；兒子很高興，因為他對魚的眼睛情有獨鍾，除了吃魚肉外，他往往率先把兩顆小魚眼挖出放進碗中。

好像是遺傳，兒子對魚的第一要求竟也是「全魚」，他不喜歡吃塊狀的魚肉，對身首異處的魚存有疑問，或偏見，他不要吃「那個肉」。妹妹到我家來，幾乎都以秋刀魚招待，有時便宜到一尾十塊錢，只要兩尾抹上鹽放入烤箱中，拿出後滴上一點檸檬汁，就是一道菜了。原來，石斑魚家族出來的人對魚的要求也並不高。

單身時，有一陣子我幾乎餐餐鹽烤秋刀魚或乾煎秋刀魚，來吃飯的朋友百思不解？怎麼對秋刀魚情有獨鍾？殊不知那時阮囊羞澀，什麼魚都嫌貴，只買得起便宜的秋刀魚。當然，吳郭魚也很便宜，可是，吳郭魚我一口也不嚐，那是家母最鄙視的，根本沒有魚味。我還記得，那時同住的孫師母養一隻貓，什麼魚都吃，唯獨吳郭魚不吃。唉！我好像對魚的好惡到了種類歧視的地步。

黃寶蓮的《芝麻米粒說》中有一篇〈魚與婚姻〉的文章提到，一個晚餐桌上吃精緻和尚魚（monk fish）的夫妻有一段短暫的婚姻，她因此想：如果隨便吃吳郭魚，也許婚姻可以持久？「因為平凡而普遍，容易安身？」吃吳郭魚對婚姻有否幫助不得而知，我倒是對她愛吃的和尚魚很好奇，「如同接吻一個男子，吻著不夠，想咬，想吃。」啊！我沒吃過和尚魚。

印象較深的還有香魚，主要是回憶使然。在異國他鄉的朋友常買香魚，也許是香魚比較便宜，也許是可以選擇的魚太少，也許他愛吃香魚，反正是朋友常烤香魚，香魚中總是一串魚卵，朋友總是吃掉魚卵，那是我不吃的；而凡是我愛吃的那個朋友總是不吃，捨不得吃。後來，我幾乎不曾再吃過香魚，也許是有些記憶不想再去碰觸，也許是知道甜美的記憶已經不可能復返。我記得的，朋友晚餐桌上吃香魚時愉悅的神情，那時，我們相信青春的美好會是永恆。

有關茄子的種種

馬奎斯的小說《愛在瘟疫蔓延時》中的女主角從小討厭吃茄子，因為覺得茄子的顏色跟毒藥一樣，卻不幸在五歲時被父親強迫吃下整整一鍋為六個人準備的茄子。而女主角卻在婚後，婆婆每天都煮各種味道的茄子的日子中，愛上各式各樣做法的茄子，以致丈夫烏爾比諾在老年時希望能再生一個女兒，要取名：茄子・烏爾比諾。

而我，小時候並不知道茄子是可以吃的，鹿家的廚房從未出現過茄子的芳蹤。

在與母親相處的將近四十年歲月裏，印象中母親從未買過茄子，她不吃茄子做的任何菜。母親的飲食習慣極有個性，好惡分明，她絕不吃不認同的東西，比如說不吃淡水養殖的魚類，在澎湖海邊長大的她一直以為不是海水中的魚根本不叫魚，當然不能吃；母親不吃的東西很多，蘿蔔、苦瓜、青椒、竹筍、雞肉、牛肉、羊肉等等，各有不吃的理由。母親不吃的東西，將近四十年來，我幾乎未嚐過，因為根深柢固地認為那些東西難吃。茄子也是其中之一。

在大學時有位與我感情極好的室友，她最愛的一道菜就是茄子，不管炒的、燙的、炸的，只要是茄子，她都愛吃；在學校的自助餐廳，她餐餐都吃茄子，我看著她吃那黑糊糊的、軟塌塌的一小灘菜，常常忍不住問她，不是很難吃嗎？原本漂亮的紫色，一下鍋扮相那麼難看，我心想味道一定不好。沒想到，她不停地慫恿我吃，好吃啊，好吃啊。我終究沒吃。

單身時與孫師母同住了將近九年，從她七十好幾同住到八十好幾，而我從二十好幾的青春進入而立，她年老獨居有種淒清，而我漂蕩的情感還未有棲泊之處，

我們的心靈在同煮共食中找到依傍，生肖都屬鼠，相差四十八歲，在鍋碗瓢盆勺中，日日都努力過得興興頭頭，避免讓人生的寂寞有縫隙可以鑽進來。倒也不記得我做了什麼菜，只是有朋友來偶爾滷個牛腱、蠔油鳳翅，還有蕃茄鑲肉，師母喜歡燒魚香茄子。印象中，油鍋裏爆香的蒜末、碎絞肉的味道充滿空氣中，我在樓上的書房，窗外的黃色絲瓜花在夕陽餘暉裏，每每讓人覺得恍惚，忘了正寫得千瘡百孔的論文，誤以為人生可以這樣地老天荒下去，每天過平常日子。魚香茄子常常上桌，我習慣了那油燙過後殘留的淡紫色。

自己也開始要日日料理三餐以後，偶爾到市場，總會為了那鮮艷的紫色忘情地駐足，圓圓胖胖的茄子，長得那麼美，似乎是舶來品。

孫師母走了，不到一年，母親也病故，愛吃茄子的室友也到了中年，日日忙著柴米油鹽。而對於茄子，我好像沒了好惡，有時也吃，就像是小時候從不吃的青椒、蘿蔔、竹筍、苦瓜，竟發現他們涼拌、煮湯都很適合；我慢慢習慣了不同的味道，就像嚐試不同的人生。

吃螃蟹

站在一隻剝開的紅蟳前面，流連不想走，讓人難捨的就是「她」有蟹黃。站了一會，思量著紅蟳很新鮮，可以清蒸；想像著蟹黃的美味，簡直就要流口水了。

紅蟳終究沒買，也不是太貴，小小的一隻裝在保麗龍中，差不多是一斤豬肉的價錢。然而，似乎為了不想如此輕易滿足自己的口腹之慾，我一會兒就走開了，去買小孩要吃的布丁。回到現實中，一算計，那小小的一隻紅蟳可以買十幾盒布丁。

然而，紅蟳原是非必要的慾望，我喜歡所有的蟳、蟹，尤其垂涎蟹黃，覺得食物中的美味就僅只於此。

《晉書‧畢卓傳》寫著：「右手持酒杯，左手持蟹螯，拍浮酒船中，便足了一生矣！」雖然滴酒不沾，卻也將秋天吃蟹引為平生快事。

對蟹深入研究的可能都喜歡吃蟹吧！宋代傅肱撰寫兩卷《蟹譜》，收錄的全是螃蟹的故事；高似孫對《蟹譜》加以補遺，寫了四卷《蟹略》，包括〈蟹原〉、〈蟹象〉、〈蟹鄉〉、〈蟹具〉、〈蟹品〉、〈蟹占〉、〈蟹貢〉、〈蟹饌〉、〈蟹牒〉、〈蟹雅〉及〈蟹志賦詠〉，整本書似乎全是螃蟹的味道，古代男人不太贊成進廚房，而對食物的烹調及品味卻都很講究。

在私下常要引蘇東坡為飲食知己，他曾自言喜歡河豚及蟹蛤的美味。我曾以為河豚的肉是所有葷菜中的極品，而河豚的湯是讓人齒頰留香到永生難忘的，有空很想寫一篇小時候在澎湖吃河豚的經驗。回到東坡來，他說過不喜殺生，或是口腹之慾未能如願，好容易努力不殺豬羊，卻因性嗜蟹蛤，故不免殺。東坡好像是很喜歡海產的。

《紅樓夢》38回寫眾人吃蟹賞桂，寶玉、黛玉、寶釵三人都有詠螃蟹的詩，可見曹雪芹對吃螃蟹是很有經驗的。

寶玉的詩說到東坡愛吃螃蟹。

> 持螯更喜桂陰涼，潑醋擂薑興欲狂。饕餮王孫應有酒，橫行公子卻無腸。臍間積冷饞忘忌，指上沾腥洗尚香。原為世人美口腹，坡仙曾笑一生忙。

黛玉、寶釵與寶玉一樣，寫的螃蟹詩不外也有賞菊、賞桂、喝酒情事，曹雪芹甚至還特別提螃蟹性冷，吃時要佐以薑醋。有一次，吃了太多螃蟹，連胃都抗議，朋友要我一面喝薑茶，的確十分舒服。

張心齋的《幽夢影》中寫到人生有十大恨事，其中第十恨是河豚多毒，心齋應該也是愛吃河豚的，然而他未提到吃螃蟹，我倒另有二恨，一曰螃蟹肉少，二曰公蟹太多。我已說過螃蟹沒有蟹黃簡直枉為螃蟹，其實還有一項，吃螃蟹很麻煩，舍妹也愛吃螃蟹，她就說過，螃蟹殼這麼多肉這麼少，吃起來大費周章，長成這樣真不應該。我想起一位朋友說他第一次烹煮螃蟹時，簡直不知所措，將好好新鮮的螃蟹剁個稀爛才放入鍋中，自此對螃蟹再無好感。

一般說公蟹的身體狹長而母蟹圓闊，我常故意不去想蟹膏其實就是公蟹精巢，蟹黃就是母蟹卵巢，一經詮釋，螃蟹的美味就要走樣。人生原經不起細細深究的。我比較記得是一點螃蟹的普通常識，螃蟹鹹淡兩水都產，種類很多，習見的還有紅蟳，而書上說閩中稱青蟳，海濱稱之蝤蛑。蟳所以時紅、時青，同為一物而名稱不同，可能是蟳殼顏色原來青黑故名青蟳，經過烹煮後通體紅艷故名紅蟳，正如蝦的生熟也是顏色迥異。

秋天了，到處都在賣據說是陽澄湖的大閘蟹，大小不一，價格參差，便宜的跌到三隻299元，說是跳樓大拍賣。有時買菜時就繞過去瞧瞧，從未買過；因為那些大閘蟹都沒有蟹黃，意思就是全是公的，只有蟹膏。而在我主觀的認定中，螃蟹沒有蟹黃簡直枉為螃蟹。雖然所有人都堅持現在的季節該吃蟹膏而非蟹黃。那樣在印象中本是上等海產的大閘蟹成了拍賣場的東西，不免讓人覺得原有吃螃蟹的高雅心情似也打了折。聽說有位愛吃大閘蟹的老師一到秋天就到上海，為了品嚐大閘蟹的美味，這樣奢侈的口腹之慾本非市井小民所能想望；而大拍賣的大閘蟹倒有一種好處，平民化也人性化，美味再不是小眾的權利。

童年時在澎湖還有下海抓沙蟹的記憶，蟹也有貴賤之別，肥的母蟹當然是極品，為的是吃蟹黃；然而貴的沙蟹原無留在自家餐桌的道理，一定是趕早到市場去賣個好價錢，進了某個城裏觀光客的五臟廟；在那個全漁村小孩都沒有鞋子穿的年代，我們可能只吃得到螃蟹偶一不慎斷掉而賣不出去的蟹腳。偶有大啗螃蟹的機會是全家搬離澎湖以後，甚至是定居台北以後，我也成了觀光客，舅媽往往會為難得回鄉的我留幾隻有蟹黃的肥母蟹，引來久不識蟹味的表兄弟吃味不已。

提到蟹腳，不得不提到那個貴得離譜的帝王蟹，在百貨公司的超級市場中會見到從日本空運來台的貴客。吃那樣的一隻大蟹往往是全家一兩個星期的菜錢，理智不容許自己有這樣瘋狂念頭；我常常是對整隻的帝王蟹連瞧都不敢瞧，只去看那一盒盒的蟹腳，蟹腳是切成一段一段的，已蒸熟，回家再微波熱一下就可以吃，盒上的保鮮膜貼著清清楚楚的價錢，將近一千塊錢。蟹腳的價錢不會讓人有吃蟹腳的欲望，童年在澎湖，我根深柢固地以為，吃蟹腳是吃不起螃蟹的人才吃的，有錢的人會選擇吃蟹黃；何況，那幾段蟹腳的錢夠買一雙漂亮的鞋，可以襯托我漂亮的腳。

對進補的麻油雞一向不甚有好感，生小兒子時，娘家的兄姊聽說紅蟳比麻油雞更補，各從澎湖、高雄買來紅蟳給我坐月子，而澎湖人不愧為識貨者，挑的紅蟳隻隻肥美，而且深得我心，全是有蟹黃的母蟹。於是，我的哺乳期每天都心滿意足，有如仙鄉，恨不得可以年年坐月子。

有一年秋天在蘇州兩星期，被招待了幾次大閘蟹，遺憾的是，始終未能感受到大閘蟹的魅力，一是我不愛蟹膏，那個季節吃的大閘蟹全是沒有蟹黃的公蟹；另一個不足為外人道的原因是，大閘蟹據說是正宗陽澄湖養殖的，而我受家母影響，討厭人工養殖的蝦蟹，家母從來認定淡水魚不是魚。有個朋友煮大閘蟹或紅蟳時，總是用刷子刷了又刷，似乎不把蟹殼刷破不甘心，她老嫌淡水螃蟹不乾淨。當然，我印象中的蟳蟹都是澎湖海中的，只要清水沖沖即可下鍋。

梁實秋《雅舍談吃》中說蟹是美味，人人喜愛，無間南北，不分雅俗。他特別強調指的是河蟹而非海蟹，還說「海蟹雖然味較差，但是個子粗大，肉多。……價錢便宜，買來就可以吃。雖然微有腥氣，聊勝於無。」啊！我真覺得梁實秋與海蟹有仇，他污衊海蟹。

有些大廚師會提供一些烹調螃蟹的食譜，我有些不敢苟同。好的螃蟹就是要清蒸，甚至任何的佐料都不用，原汁原味就是上品。我愛螃蟹，更愛吃蟹黃，卻對大閘蟹敬謝不敏，無福消受，原因是大閘蟹似乎不宜清蒸，吃過幾次，一雙手全沾得油油膩膩，又未吃到蟹黃，歸根究底，我不算品嚐過大閘蟹。

在廣東番禺小城吃螃蟹那一次，大概是目前為止最值得大書特書的。學術會議結束後的晚宴，每一桌有一大盤清蒸小海蟹，大部分的與會學者可能來自內地，似乎都對螃蟹敬謝不敏，我一個人獨享要分給十個人的蟹。每一隻蟹都有蟹黃。我清楚地知道，往後的日子，再無一次宴饗能夠如此豐盈而奢侈，中年以後，放縱任性的情緒也不會常常出現，或者，也不該常常出現。

好吃不過餃子

我的一個山東籍老師說起他的童年，在米食為主的台灣南部，他每日帶去學校的午餐全是餃子，老是引得全班同學的圍觀、訕笑。他因為餃子便當而討厭上學，那是與眾不同的一種不安。

曾經，我也對餃子深惡痛絕過，在澎湖離島的小漁村，父親的食物從來不是我的食物。一直到高中住校，每逢週末回家，父親表示犒賞的方式還是，親自下廚包餃子。我一直以為自己不喜歡餃子是因為其中的餡，因為父親獨鍾的韭菜和薑末，甚至因為餃子上桌後的麻油和醋味，後來才發現，自己根本討厭所有的麵食。

負笈在外的日子裏，同學吃的陽春麵、刀削麵我很少嚐，牛肉餡餅、鍋貼我從不吃。我更不主動吃饅頭、蔥油餅、燒餅、油條、包子…..在速食店如雨後春筍般出現後，我更是排斥漢堡、披薩、義大利麵，在那個同學酷愛香蒜麵包的歲月，我似乎也錯過了。我的初次戀愛記得的是中山北路一家叫台灣小調的店，初戀壽終正寢以前，那家小調就彈完了，結束營業；再繼續吃的是青葉或江浙菜。等到政客為了選舉在吵包子或披薩是不是本土時，我才意識到自己對食物的偏見。原來，青春都虛擲在偏見裏，人生常常錯過很多美好，包括美味的食物。

有位廣東籍的朋友與山東籍的先生要結婚時家裏是反對的，母親的理由是沒有飯吃。童年的記憶是，父親一定要吃饅頭、麵條或餃子才算數，而母親是吃這些不算吃過飯。他們三四十年的婚姻中從未在三餐一致過，或許那也是齟齬不斷的原因；或者，他們不夠認同彼此，刻意以食物來抗衡較勁。要當神仙眷屬就得先當柴米夫妻，同桌共食比同床共寢要難，不含情脈脈就得怒目相向，哪能近在咫尺而視若無睹？

一本《飲食男》的書上提到，英語裏的主廚chef，在字典裏解釋為煮夫male cook，chef源自法文的chief，有廚房領袖之意。所有的食物都是一種無法言宣的情緒，父親待在廚房的時間不比母親少，而我的確記得所有的和麵、剁餡與下餃子過程，走過街上的餃子館、饅頭店或麵店，我無法不想起父親所做的麵食。

世界上沒有比氣味更容易記憶的事物，味道引爆記憶。一本叫《感官之旅》的書上也這樣說。

衣戀

早自童年開始，已習慣親戚長輩嫌棄我的長相：眼睛太小，眉毛太疏，鼻子太塌，活像父親的翻版。父親是母親娘家這邊親戚口中龜毛的外省人。拜他們的肺腑之言所賜，我的一生從未有一刻顧影自憐過，我早就學會坦然地面對自己、接納自己。

在曾經有過的戀情中，我對異性的恭維讚美有分坦蕩，他們的目光大都在我青澀年華的廉價衣裙上。我將士林夜市地攤上偶爾揀選的衣物搭配得可圈可點，與人交接時顧盼生姿。

我的穿衣哲學來自「永遠沒有衣服需要淘汰」，在羞澀的十八歲到哀樂中年的四十歲，體重、腰圍始終如一，產育過兩個小孩，未曾刻意運動、節食就將身材恢復如婚前，同一件牛仔褲永遠穿得下，同一件緊身黑毛衣永遠穿得下。

也許，在抗拒遺棄任何一件衣服的心理下，我潛意識地維持了身材。綠色的大圓裙配地攤上的白上衣，也配百貨公司的淺綠格子襯衫；黑色的毛料短窄裙配過紅毛衣，配過鏤空絲質襯衫；牛仔褲在二十五歲時配過左丹奴粉紅T恤，四十歲時配的是三千元的黑毛衣，或搭配朋友送的名牌絲巾。我的每一件衣裙，歷史斑斑可考。衣櫥門一拉開，歲月掛在那兒。

曾經，記得一件紫色小花的圓裙，二十歲青春搭配的是一件淡紫的雪紡紗襯衫，那個男孩斬釘截鐵地說：有人的美麗在二十歲，而你的精彩在四十歲，你的四十歲令人好奇。我的四十歲未變得更精彩，然而，我記得那一次去聽戲時全身的淡淡粉紫色，覺得自己像從春天的季節中走出來。

小兒子喜歡的是一件有斑馬圖案的短袖橘色T恤，他從冬天一直盼著，盼著夏天一到就要穿在外面，不然，他只能穿在裡面當內衣。他對那件衣服表現的是一種說不出的深情。

鄰居讀幼稚園的兒子，三天兩頭穿一套咖啡色的長袖運動服，衣料很厚很保暖，天氣熱時，小男孩往往滿頭大汗。鄰居說：兒子有時甚至不想脫換，洗完澡又要穿回去，有時還未晾乾，他就急著穿。那是小男孩情有獨鍾的一套，衣褲沒有任何圖案，也許貪戀的是那一套衣褲的味道，或者某一日奔跑在公園的快樂記憶。

記得一個朋友的白色套頭毛衣，說是他母親織的，很乾淨的白色襯著單純的臉，見了驚心。那時，我一直喜歡黑色毛衣，常常一身都黑著，或許，我們就這樣沒了交集，生命到某個階段，細微處似乎都透露小小的端倪。

有一套衣裙早已不穿，始終擱在箱底，裙子是藕色的荷葉圖案，有條腰帶可以打成一朵大蝴蝶結，那是一段美好的青春甜蜜，有人每次都稱讚那套衣裙，衣裙鈐記許多春日朗笑如歌的甜蜜。

瞎拼魔

台灣的購物中心、量販店越來越多，方圓百里之內常常好幾家，要不就是人煙稀少的地方突兀地出現一個大型購物中心。我總免不了嘀咕：能有這麼多人買東西嗎？

人似乎就有那樣的購物慾望，不管用不用得著，看到了總要多少買一些，買的常是用不到的，或是根本多餘的。我在大拍賣大減價或出清存貨時也總帶回一些廢物，連回收都麻煩，還要浪費垃圾袋。

朋友的婆婆很喜歡購物，每回去美國看兒子媳婦都要不歡而散，因為她在美國幾乎只去一個地方，就是購物中心，一進去就盲目地瞎拼，買一堆兒子不要穿的內衣內褲襪子，買一堆媳婦不滿意的鍋子碗盤杯子，甚至買一張上萬台幣的矮凳，全家人都嫌那張矮凳佔地方。朋友說Shopping mall是會讓人著魔的地方，像是吸食毒品的人見到毒品，或像嗜血蒼蠅聞到鮮血一樣。

另一個朋友則喜歡買昂貴的蔬果，一到水果攤可以買一斤八百元的葡萄、一個三百元的梨，或是一個四百元的進口大白菜、一根四百元的白蘿蔔，我在她家的冰箱中會發現爛掉的巨大水蜜桃、幾大盒腐壞的有機小黃瓜。朋友每次都買太多，家裏只有三口人，兩三天吃不下七八斤葡萄、十個大梨和二十個水蜜桃。她說以前家裏窮，兄弟姊妹多，什麼都不夠吃，現在只想買個夠吃個夠。

每個人的購物慾望不同，即使同是在大學教書的朋友，著魔的方式也是千差萬別。有一次，在杭州一開完會，同行的朋友就開始瞎拼，她討價還價後以十塊錢人民幣買了八把俗不可耐的紙扇；走了幾步，同樣的扇子，十把十塊，她又買了十把；而另一個攤子，十塊錢可以買十二把，她忍不住又買了。幸好，一條街到了盡頭，女教授的瞎拼硬生生被遏抑；沿途她一直嘀嘀咕咕，扇子不夠送助教、不夠送研究助理，更沒有多的可送鄰居。看看女教授瞎拼來的紙扇，我們想到，整個系上的助教都可以人手一扇，合演相聲。

而另一個出身原不是名門的朋友酷愛的卻是名牌皮包，我們去百貨公司，她流連不忍去的往往是什麼LV、BALLY、PRADA，逛了半天，她毫無斬獲，其他的中年女人已經腰酸背痛、體力不支了，她也不許我們坐著喝杯咖啡，說是太貴，在超市買罐飲料邊走邊喝比較省。這個朋友的的確確也買過名牌，就是人家過季清倉的一個小錢包，她喜孜孜地向我們宣告：我每一季都會買個名牌犒賞一下自己。

誰不會？我好像隨時都想寵愛自己。有時，我會忍不住好想買皮包，買過橘黃色，買過寶藍色，又想買粉紫色；我會一陣子喜歡買鞋子，高跟的涼鞋、包頭的巫婆鞋，有的鞋面是玫瑰花，有的鞋上一隻蝴蝶，有的是鏤空的鑲金線，有的是粉紅的幾何造型。有一次，我要丟掉一雙行走多年的黑色高跟鞋，讀小學的女兒說，媽媽不要丟掉，我長大以後可以穿。與女兒一起去逛街，她意見很多，這個皮包好看，這雙鞋好看，她似乎在選自己的皮包與鞋子。

蚊子

這兩天心情壞透了，沒有什麼理由，只是煩。

連續兩天沒睡好，躺在床上，想起論文、稿子一團混亂，常見面的朋友突然就走了，人生，什麼也把握不了。我失眠，因為腦子太忙。心情不好，因為失眠。我害怕晚上，因為晚上被規定要睡覺。真是愚蠢到了極點，連睡覺也不會。

天黑以後，我讀一本中國哲學史。到了十二點，睡意漸濃，我躺上床，希望能夠揚棄那些紛亂的思緒，好好一睡，補足兩天來的疲憊。剛闔上眼，就聽見嗡嗡的聲音響起，一下子，我放在被子外面的手被叮了一口。開燈，卻什麼也瞧不見，窗外樹影斑駁，屋裏書架滿牆。蚊子呢？

十二點十分，我關燈，實在太疲倦了，死蚊子，饒了你，晚安。

朦朧中，我的腳趾癢了起來，警覺地將腳縮進被裏。我擰亮床頭燈，環顧四周，除了書牆一無長物，素面碎花的床罩，枕頭潔淨如洗。我抖抖綠色的被子，好傢伙，牠突然飛出來，一溜煙，不見了。我起床把天花板的燈也開了，拿著外套，到處揮舞，希望激出我的敵人，立即殲滅牠。

腳趾頭癢得難受，腳底也腫了一個包，連先前的手背也發作了。我一面抓著、捏著自己的皮肉，一面詛咒那隻死蚊子：你不要再出來，否則，非將你碎屍萬段不可。屋子的角落全被我找遍了，甚至，我翻動所有有空隙的書架。案頭的小鐘指著一點十分，覺得自己連眼睛都睜不開，實在太睏了。

在如臨大敵的心情裏，我又鑽入被窩，讓黑暗裹著我，希望真正地進去黑甜夢鄉，我靜靜地、衷心地渴盼睡魔的召喚。然而，敵人又來了，牠正肆意地侵襲我，毫不留情面地在我的眉尖、鼻頭騷擾。我受不了牠的挑釁，死蚊子，我們卯上了，不是你死，就是我亡。

抹了一下額頭，汗珠正微微沁出。屋裡頃刻間又通體明亮，蚊子閣下，你不能再暗算我，你沒讀過書？所謂明人不作暗事。真是好漢，你亮出傢伙吧！我準備迎戰哩！

把每一寸牆、每一塊地都巡邊過了，不見牠的蹤影，孬種，躲起來了。

一抬頭，那不正是牠？又黑又胖的，停在天花板上，襯著白底的牆，我可以清楚地看透牠的龐大身軀，身上有我的血液。閣下，你飛上天了，好一幅黑白分明的圖。黑白相間，正是今年流行的顏色。我真覺得那樣飽滿的黑亮是一種高貴的顏色，十分十分地誘人。

我找來一本十六開的筆記本，然後，登上書桌，踮起腳尖。一拍。可惡，飛走了。牠又停在床邊的牆，我重新拿起筆記本，使勁一按，死無葬身之地。真是狡猾，又逃脫了。

牠已經疲於奔命了，鼓著大肚子，停在床頭櫃上。我好整以暇地提起手掌。終於，牠死了，整個身體攤在舒潔衛生紙裏，黑白分明，美艷極了。

一點三十分，我再度躺入柔柔軟軟的素色碎花床裏，把手擱在被子外面，把腳丫晾在空氣中。啊，美好的夜晚。我已經消滅了唯一的敵人。

一覺醒來，八點正，比平時晚了兩個鐘頭，窗外的小鳥吱吱喳喳地唱著，快樂的春天早晨，我的敵人還在衛生紙裏。昨夜我忘記對付自己，因為外患，所以沒有內憂。

我禁不住要殘忍地說，心情好了，是因為一隻蚊子的死。

人生實難

幼兒園的名稱比幼稚園好，小孩的觀點常不是大人所以為的幼稚，他的邏輯觀對大人是一種挑戰。他問說小雞、小魚是不是小動物？等確定以後再問，為什麼我們要吃雞和魚？很難解釋愛護動物與吃食動物之間的矛盾，當然也不能去解釋有人吃狗肉、鹿肉、駱駝肉。吃素可以自圓其說嗎？他看到自己栽的四季豆放入鍋中也不願意，可不是，《蠶豆哥哥的床》那本書中將每一個豆子都擬人化成真情可感的朋友，所有的植物都是有生命的。很難告訴小孩，吃素是為了不殺生。要避免殺生，小孩似乎只能吃「水果素」，徹頭徹尾吃素，只吃水果不吃蔬菜，因為水果是瓜熟蒂落，不算殺生，吃水果的好人不知現在的水果大都是未黃熟就摘了，香蕉、芒果、釋迦、奇異果……，等到熟落就爛，也甭吃了。

在你怒氣衝衝說他掉了滿地餅乾屑招來一長排螞蟻時，他很嚴肅地要求：不要揉死螞蟻，他們只是吃一點點我掉的餅乾屑而已。螞蟻也是螞蟻媽媽生的吧？如果小螞蟻被壓死了，他的媽媽會不會找不到他？也許，小孩會舔冰淇淋時滴兩滴，吃肉鬆麵包時掉一粒碎屑，難保不是要故意招惹螞蟻的。他在桌上灑了一滴水，高興地盯著兩隻螞蟻聚在一起，滿臉虔誠地為螞蟻關說：讓他們喝水吧，他們渴了。家中到處是螞蟻，很難向小孩解釋，有時候人與螞蟻誓不兩立。

屋外的樹上結一個大網的黑蜘蛛隨處可見，每天小孩專心地看著黑蜘蛛，在那個巧奪天工的大網上，小蜘蛛生出來了，然後慢慢母蜘蛛被小蜘蛛吃光了，小蜘蛛長大了。查了一下《動物的親子關係》的書，有的小蜘蛛們一出生後簇擁地緊緊抱住母蜘蛛的頭胸、腹部或腳，用小小的牙咬住母親，吸吮她的體液；也許是多日絕食持續照顧寶寶，心力交瘁了，原先剛強的母蜘蛛，只任憑小蜘蛛為所欲為而無任何抗拒。就是這樣，兩三小時或半天，生產未久的母蜘蛛被吃光了，小蜘蛛們有光澤的肚子圓鼓鼓的，心滿意足地離開了像絲線一樣的巢。

小孩在故事書上讀到小蜘蛛與母蜘蛛的事，滿腦子疑問，小蜘蛛為什麼要吃掉他的媽媽？為什麼？為什麼？唉！很難解釋為什麼。生命，是比書本更難的功課。

遇見

曾經在春日午後，遙遠的異鄉，與一個人萍水相逢，是那樣如見平生知己的相契，道別時彼此都瞭然於心，今生恐不會再見了，於是分離免不了傷感。然而，傷感畢竟微帶幸福滋味，人生這樣如見知己的萍水相逢恐怕再不會有下一回了，有些人可能一生都遇不到這樣的機會。

而在異國或異地的旅途中，與朋友偶遇，是另一種驚喜。

曾經，在異國機場，心情是愛戀摧折後的悲愴，遇見一位為友人送行的師長，為了飛機延誤多時，一行人被迫在機場敘舊。原本不熟的師長，原本毫無理由會相約見面的生分關係，在經過將近二十年的光陰裏，每每在偶然的場合又遇見，總不經意又聊起異國機場的種種，而覺得彼此意外地熟稔。

有個朋友，極為要好的，雖同處一個城市中，而在忙碌的生活中竟也年餘未見了。然後，就在北京機場的候機室中，我們同時看到對方，激動的情緒自不待言。一起飛往香港，一起飛回台北，在原本孤單的飛行中，突然有好友同行，我們在陣陣的亂流中似乎不再那麼恐懼，如果有個萬一，在極速的墜落過程，我們彼此為伴。

在南部一個小火車站遇見熟悉的背影，輕聲喚他，那人驚愕地回頭，是十幾年前曾經教過的學生。站在月台上，師生喟歎之餘，說不清的歡悅，好像才是昨天的事，他是大學新鮮人，而我二十六歲，一面是講台上的新鮮人，一面掏心剖肺在戀愛。真沒想到，真沒想到這麼久，老師還記得學生名字，他靦腆地說著。學生轉頭離去，我兀自恍惚，讓人忘不掉的或許不是名字，而是他們和我共有的青春。

那一年去雲南，獨自在一個基諾族的小寨子，遇見一個十五六歲的基諾族小姑娘，很害羞地盯著相機，說常常有觀光客幫她拍照，答應要寄給她相片，但是她連一次都不曾收到過。她請我喝普洱茶，還讓我試穿她的嫁衣；不要怕，很乾淨的，還沒穿過，小姑娘堅持得臉都脹紅了。臨了，我又吃了紫糯米飯和兩個芒果。小姑娘婉拒我送的口紅，堅持說那個東西太貴重。回台北後，我寄一疊相片給她，說對雲南的想念。

人生中總有不期然的相遇，而這相遇讓平淡的生活變得充滿驚喜。

眼看他起高樓

每個星期女兒都要到市區上音樂課，在那一兩年每天同一時間黃昏，我們會經過一所幼稚園，幼稚園在一個大庭院內，四周是高聳的幾乎五六層樓高的大王椰子樹，椰子樹與幼稚園都在圍牆裏。那是台北市區內的高級幼稚園，當然學費一定是貴的，而讓人難以想像的還是那個庭院。有如監牢的幼稚園中，可以在椰子樹下仰望藍天白雲，對孩子來說應是有如夢幻吧。

每次走過，總想著那庭院中夏日的蟬鳴和秋日的黃葉，小孩子的學校歲月真是有聲有色，熱鬧極了。

有一天莫名其妙的，幼稚園關閉了。不多久，兩層樓高的建築物也拆了，再不久，圍牆也不見了。看到一個荒廢的院子，裏面什麼也沒有，只有幾棵椰子樹站在那兒。

再一天，看到的是正在施工的大樓，原來的地方重新植了草皮和一池荷花，幾株正綻放的玫瑰也是臨時種上去的。

似乎是一兩個禮拜的時間房子就搭好了，是一棟美煥美倫的樣品屋。屋內漾出柔和的燈光，二樓有一面大的觀景窗，窗口有一個看不真切的雕塑品，很美。整棟房子都是造價昂貴的鋼骨建材，外牆應全是木板釘的，漆成純白色，很乾淨很時髦很有現代感。

問了朋友，說是這種樣品屋價值不菲，非幾千萬搭不起來。樣品屋當然是給人看的，不能當真，過兩三個月就會拆了。

正式蓋來賣的房子很俗很醜，與樣品屋是完全兩樣的。一切，僅供參考，不能太認真。美好如夢幻的東西全如鏡花水月，朋友笑笑地又加一句。

疼痛

有個朋友的散文集中曾提到他的頭痛歷史相當久，我因此向他說只要一頭痛就不免想起他。其實我倒不常想起這個散文寫得很好的朋友，因為我們常聯絡，偶爾也會見面吃個飯什麼的，我頭痛時總會思念的是另一個幾乎不再見面的朋友，我們十幾年前認識的那個冬日我正為頭痛所苦，而那一個深夜又為聊得太亢奮而失眠，在失眠整晚後頭痛欲裂地去做長長的飛行。

是的，我常常常常頭痛，頭痛有兩種，血管收縮引起或肌肉性的，醫生從未確定是什麼。我知道自己不可能長瘤，因為頭痛的歷史超過了二十年，並無一顆瘤在腦中長大，頭痛沒有更頻繁，沒有更嚴重，當然也沒有更減少、減輕。偶爾，來無影去無蹤，頭痛就將自己俘虜了，束手就擒，有止痛藥，有據說可以減輕頭痛的稀釋運動飲料，一點用都沒有，只能靜靜地等他離開。

因為其他太硬性的學術書讓頭更痛，我只能讀一本書，一本講到疼痛的書。故事中蜜蜂問大胡蜂的螫尾有沒有痛過，大胡蜂說他有時候會腰痛，於是動物們在河畔的柳樹下各說起自己的疼痛。

海象說他經常的鬍鬚痛是一種悶痛，好像鬍鬚在跳動的痛楚；烏龜偶爾的甲殼痛使他不能出門旅行，蝸牛的觸角會痙攣，駱駝很難忍受駝峰的刺痛，鹿的鹿角一痛簡直就像角上著了火；河馬張大嘴巴說他的痛在裏面，但是大家蹲下來只見他漆黑一片深不見底的嘴巴，根本見不到河馬所說的一種很有意思的痛。

螞蟻因為什麼痛都沒經驗過而引來大家愕然，他無奈地斷定疼痛很無聊；而松鼠懷疑他體內有一種不清楚確實位置的悲痛也很無聊，他沉默著。動物們都默默地沉思自己的痛是不是屬於無聊的那種，螞蟻若無其事地宣佈，如果大家要稱劇痛是疼痛的話，他倒是經常有。

河馬說他的痛很有意思絕不會是真的，因為他可能是牙痛，《傻鵝皮杜妮》那本書中傻鵝要將河馬正在痛的牙全部拔掉，沒有牙就不痛了。這讓人想起，是不是沒有腦袋就不頭痛。

回到這本疼痛的書來。荷蘭的兒童文學作家寫的精彩討論到此結束，長得一樣大的螞蟻和大象又一起跳舞，而蟋蟀的生日禮物店忙著幫犀牛準備鮮草蛋糕，松鼠最快樂的事是寫信給螞蟻。童話中連疼痛討論起來也是趣味盎然的。而我那個常常令人髮指的頭痛，反正絕不會是很有意思的，一定是一張苦瓜臉，像要死了似的，一切都意興闌珊。

當然，我是阿Q的信徒。頭痛也算是有意思的事，讓我思念起偶遇的朋友，他讓我了解，原來朋友可以傾心體己若此；而頭痛時也讓我了解，不頭痛時我可以是另一個人，生活可以精彩絕倫的一個人。頭痛也算是有意思的事。

第四輯

圖像或文字

姓名倒過來寫

在中文的平上去入四聲中，我的名字三個字全是入聲，三個入聲字很難念，研究所的昌彼得老師鄉音很重，他叫我的名字聽起來像「摟一摟」，同學往往哄堂大笑。不過，我的怪名字也有好處；小時候，與人打賭，總會開玩笑說：賭輸了，姓名倒過來寫。不知父親是否深諳回文之妙？可以將我的名字取得順讀、倒念都行。

回文詩是中文很奇特的地方，有些聰明絕頂的人的確信手拈來就是對仗工整的回文詩句。

清波碧水春歸燕，細雨紅窗晚落花。回文以後仍是詩意無限：花落晚窗紅雨細，燕歸春水碧波清。

相傳是宋末陳朝老所寫的六言回文詩也是很好的例子。

纖纖亂草平灘，冉冉雲歸遠山。帘捲深深日永，鳥啼花落春殘。全詩倒讀以後還是有一些意思：殘春落花啼鳥，永日深深捲帘，山遠歸雲冉冉，灘平草亂纖纖。

專寫探險旅行文學的徐仁修寫他去中國大陸，小孩指著「大好河山」的大匾向他報告那四個字是「山河好大」。也不只是小孩會讀錯，有個現代文學課，學生將梁實秋《雅舍談吃》的書名寫成「吃談舍雅」，我驚嚇地發現到，原來學生整本書只讀了那個書名橫寫的書皮。左讀右讀，正念倒念，有時似乎不能暢行無阻。

學生的中文有時是很匪夷所思的，比如他們會寫自認是品學兼「憂」的學生，到底是自信抑或自卑看不出來；而污染過的牡蠣會「治」癌，到底是以毒攻毒，療效特別，還是「致」癌而不自知？改大學入學考試更是有很多創意的文字：亂「啃」山坡地，這個考生大概有大鋼牙，可以表演特技。我喜歡「休」女也瘋狂那部電影，學生的品味讓老師更瘋狂。心急如「墳」、受驚變受「精」、儀容成「遺」容等的寫法則讓老師面色如土。

同音謬誤固有許多諧謔，部首、造字原義等等更是趣味盎然，有如一篇篇故事，中文的獨特性是許多拼音文字難以比擬的。

說到部首、造字原義，不得不自戀地再討論一下與本人相關的鹿字。據說考古上發現周口店北京人早已靠獵鹿為生，安陽出土文物也證實鹿是經常出現在鐫刻當中的動物。甲骨文和金文上的鹿幾乎都強調鹿的角，身體跳躍

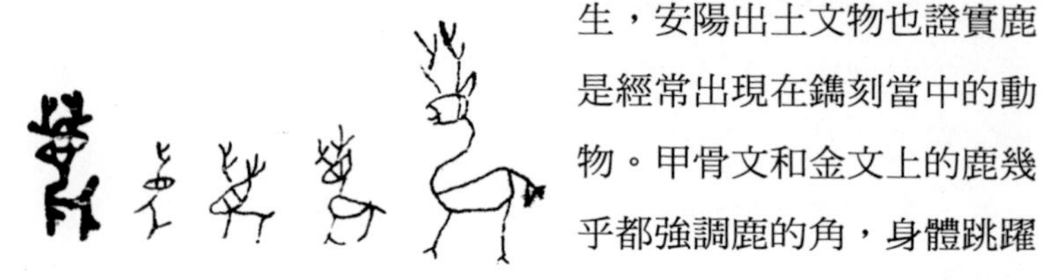

著。喜愛塗鴉的曄兒剛上小學，這些蹦跳的小鹿有的就是他描繪出來的。

而青銅器的裝飾物中，與甲骨文相似的鹿的各種造型，則都像似在原野上奔跑的模樣。

漢代畫像磚上的鹿，有巨大的開放式犄角。

唯一安慰的是，在大陸的簡體字中，鹿的鹿角或鹿腳都未曾少，身首俱全的鹿可以閃亮登場。

愛情是孤獨唯一的救贖

馬奎斯最膾炙人口的小說當然是得諾貝爾文學獎的《百年孤寂》，然而，我覺得最好的應是他得獎後的作品《迷宮中的將軍》，而最有趣的則是《愛在瘟疫蔓延時》。馬奎斯說，人們一旦不再年輕，就不大適合發生浪漫愛情。而馬奎斯不信邪，他要用的筆，讓我們每個人的愛情甦醒。馬奎斯說：那些會忘記的，就不值得寫了。愛情，當然是我們唯一，忘不了的。

在生活的千瘡百孔下，唯一忘不了的是一場刻骨銘心的愛戀，我們渴望與一個人偶然遇見，讓我們看見恍惚的自己。哪一個人年輕時沒寫過熾熱的情書？可是情書畢竟收藏起來了，不願意讓人看見，而愛情卻是不容易忘記，隨時像瘟疫一樣蔓延。關於馬奎斯，正如法國總統密特朗說的，他屬於我熱愛的那個世界。

諾貝爾獎作家處理一個通俗的愛情題材，這其中有許多可說之處。費爾米娜的醫生丈夫烏爾比諾離開人世當晚，阿里薩向費爾米娜求婚，五十年的漫長等待，阿里薩終於與愛人廝守。孤獨與愛情並存，而馬奎斯肯定地說：愛情是孤獨唯一的救贖，唯一能拯救我們的也是愛情。

馬奎斯的小說在娓娓的訴說中常有神來之筆，他寫中國人分成兩種，壞的中國人與好的中國人。似是廢話，其實頗見他的褒貶。他說，壞的中國人躲在港口的陰暗角落裏，像國王似的吃喝，或者坐在桌子前對著一盤葵花籽燴老鼠肉猝然死去，人們懷疑他們是些拐賣女人的人口販子。好的中國人是那些開洗衣店的，他們繼承了一種神聖的科學，把舊襯衣退還顧客時洗得比新襯衣還要乾淨，領口和袖口燙得就像剛剛攤平的聖餅。加勒比海水所拍打的國家，馬奎斯唯一痛恨的是美國。他對外來人不無敵意，除了歐洲人美國人，似也包括中國人。

書中引人注目的倒不是馬奎斯的國族意識，而是他藉由對烏爾比諾醫生的描寫，寫上流社會的虛矯，其中似不無諷刺之意。醫生家的舶來品家具，他養的鸚鵡會講像大學教授一樣道地的法語，會背馬太福音。最後醫生為了捉飛到芒果樹上的鸚鵡而摔死。喝過洋墨水的醫生關注的東西不過是表象，世界上有比學舌的鸚鵡更表象的東西嗎？以阿里薩的癡情、堅毅對照一屋子是外國家具的醫生，馬奎斯的用心不可謂不深。

《愛在瘟疫蔓延時》感人的當然是一場五十年的癡情等待，或許我們也可以說，馬奎斯似在堅守他對拉丁美洲文化的一片癡情。

小說與故事之間

王安憶《遍地梟雄》寫三個搶匪搶了出租車，年輕的司機韓燕來自此與這三人相濡以沫，桃園三結義加一個諸葛亮，四人合夥在蘇、浙、皖一帶搶劫盜賣小汽車，最後窮途末路，困在黃山尾脈原來朱元璋起事的山中廢墟，束手就擒。就像馬奎斯《迷宮中的將軍》玻利瓦爾的話：一生的遭遇都是鬼使神差。

純樸天真的童男子韓燕來由人質成了劫車匪徒毛豆。在讀小說之際，那些亡命之徒似乎被召喚，我停在門口的汽車也被偷了。

王安憶明顯地不只要寫盜賣汽車一事，她寫的是沒名沒姓的大王、二王、三王與毛豆在短暫天涯亡命「路上」的說故事比賽。

小說中的大王是最主要的敘事者，他是頭兒，聰明、辯才無礙、見過世面，他帶領兄弟們玩成語接龍、說故事接龍，而他自己也不停地說故事，說諾亞逃過大洪水是因為諾亞在耶和華眼前蒙恩；說天目山數千和尚吃粥，悄然無聲，是入了化境；說三生石的故事，人有前世今生；本是臥龍崗散淡人諸葛亮同意出山輔佐劉備原是他們前世有緣……

本雅明《說故事的人》明明白白告訴我們：小說讀者生活於孤寂之中，他比其他所有讀者更加孤獨。而任何一位聽故事的人都有說故事的人在陪伴他，說故事的總為一道無可比擬的光環圍繞。大王他們從開始就讓毛豆覺得，彼此相知相契，同車一命。王安憶化身小說中的大王，她由小說作家成為說故事的人，說一個不同於以往的「出遊」的故事。

波赫士說：「《一千零一夜》這本書的書名包含著極重要的東西，即讓人聯想到這是一本永遠不會完結的書。實際上也確實如此。阿拉伯人說誰也無法將《一千零一夜》讀到底，不是因為感到厭倦，而是感到這本書沒有盡頭。」似乎這也是小說家王安憶的企圖。

成王敗寇，三個都自封為王，並且都是要訪王氣之所，除了朱元璋，大王也崇仰成吉思汗、毛澤東，他們憧憬去北京、延安、西安等地，沾一點王者氣象。他們是要失敗的，沒沾到王氣，還殺了人。殺人這一段有如《三國演義》中曹操殺呂伯奢，呂去買酒招待投宿的曹操，全家都被曹操殺死，故事中留下名言：「寧教我負天下人，休教天下人負我！」《遍地梟雄》中，一文不名的三人接受理髮男子扈小寶的招待酒菜，四人歡歌，眠臥間還開心地講鬼故事。好像也是意料中事，王安憶讓二王殺了扈小寶，拿走他藏在牆洞裏的一卷錢。也好像這一刻，讀者猛然驚醒，他們是天涯亡命之徒，不是像遠遊歸來者一直說故事，或安居樂業的農人說熟悉民俗掌故，這兩種才是本雅明「說故事的人」。

王安憶說：「大王」不過叫叫罷了，只能自領了那三個小梟雄。小說的結尾，他們在下雪的夜裏想像「我們的未來」，二王要一輛旅行車，三王要一座大房子，毛豆要像藏羚羊一樣，穿行在白雲裏。他們沒有未來，很快地上海警方就找到他們。然而，小說中的故事未完，毛豆回到上海，他是遠遊歸來的人，正要開始他的故事。

《遍地梟雄》是一本說故事的小說。

簡體字裡凋零的是什麼？

說不上喜歡或討厭大陸用的簡體字，只確定簡體字實在不美，簡體字就不能寫出懷素「自敘帖」或蘇東坡「寒食帖」的味道來，書法的美感碰到簡體字後蕩然無存。這個篇名應該取為「凋零的葉子」或「聽不見的耳朵」，葉字被簡成叶，聽字沒有耳朵，剩下一個口和斤，听可以聽到嗎？草字頭或耳部的字都歸到口部去了，匪夷所思？

周朝青銅器上的金文將葉字作一棵大樹的形狀，樹的上部有小點可能就表示樹葉，下部的木字表樹身，到了小篆時期再增加表義的草字頭。許慎《說文解字》上講葉是草木之葉。葉也用在世紀中葉或末葉。而叶是協的古字，有和諧、和洽的意思，如叶韻、叶句。

簡體的聲字耳朵也不見了。殷商甲骨文的聲字是由五個部分組成的，左上部是樂器磬的形狀，右邊是一隻手敲擊的樣子，或說是敲打磬的小槌，而學者認為這種說法不通。聲字中間似原有耳和口，話音入耳就是聲，或者因為原來的聲音與敲擊石磬有關，後來小篆去掉口的部分就成現有的聲了。聲的簡體正是指古代磬的形狀，這種古代樂器用美石或玉雕成，小篆才增加表意的石字，大陸用磬的原形來簡化聲字，可能以聲字是常用字，而磬字並不常出現即使難寫也無妨。在此要特別感謝美國加州林彬懋先生來函，他對此提出許多寶貴的意見。

另一個罄字與磬讀音相同，都讀慶音，罄的下部是缶字，表明是陶製器皿；或許陶器的中間是空的，空也好像聲音，罄有「空」義，《舊唐書．李密傳》：「罄南山之竹，書罪未窮。」指砍光了南山的竹子做成竹簡，也寫不完罪過。這就是罄竹難書的成語，罄竹難書不是為了歌功頌德，可不能隨便亂用。

簡體字中，凋零的豈只有葉子，竹節的節變成草頭节；不見的豈只耳朵，開關只剩裡頭，連門都沒有，開關什麼。乾字幹字都只是天干的干，美醜的醜寫成丑，是地支的第二位，指時辰，與相貌難看什麼相干？「國」字在甲骨文金文中原只有中間的或，右為戈左指國土，以戈衛國之意；後來將或字圍起來表國界。簡體的國字中間是玉，中國大陸學者解釋說是國中有珍寶。

早期曾嘲笑大陸外汇是空的，匯字竟然去掉隹字只剩一個殼子，現在經濟一片大好，可以物歸原主了。 其實，現在海峽對岸許多論文是以正體字寫的，手邊正讀的一本大陸剛出爐的博士論文就是。

文字精靈，希望他們迷途知返。

對文字最後癡情的一代

現在是一個渾沌不明的時代，好像什麼事都不對了。錯的事情看多了，對正確的事開始懷疑起來，可能自己吹毛求疵，或者記憶錯誤，反正下判斷時膽戰心驚不已。對文字的心情就是如此，正簡無別，對錯不分。

看看高普考考試、研究所入學考試的作文，大概就會發現錯別字的創意也不遑多讓。「黃毛丫頭」成了「黃毛鴨頭」，令人想起剛出生的可愛鵝黃色小鴨子；「當頭棒喝」成了「當頭蚌鶴」，說是漁翁易如反掌抓到頭頂的珠蚌與鶴鳥；森林中的「打獵」成了「打臘」，只見整座林子一片綠油油，光可鑑人；「金陵十二金釵」寫成「十二金拆」，想必賈寶玉看了都要欲哭無淚；而「亡羊補牢」被翻譯成：羊死掉了才修補傷口，一切已經來不及。好了，我們兩「拜」俱傷，彼此打躬作揖一下，受傷才不會那麼深。

當然，對我們這種越來越沒想像力的中年人來說，有時真是讓錯別字驚嚇得只能舉雙手投降的。

言歸正傳，有些字所以常被誤讀或誤寫，是與被誤認有關，反正是誤會一場。我說過黃字不是艸頭黃，黃字自成一部首。同樣地，羅、楊等姓氏也蒙不白之冤。姓羅的常說四維羅其實有待商榷，中國文字是單音節，常有同義複詞現象，網羅羅網，羅就是網，羅在网部，网是網的古字，原是捕鳥的網。《詩經・兔爰》上說：「雉離於羅」，野雞被網網住了。而姓楊的人常說自己是木「易」楊，其實楊字旁邊不是易而是昜，因為昜是聲符，是陽的古字；旁邊有易的不是蜥蜴就是剔除、警惕。有邊讀邊，沒邊讀中間，原有幾分道理，只是要掌握一點技巧罷了。

除了楊字，暘、陽、揚、煬、瘍、颺都是親戚，即使是湯字也不例外；《山海經》中太陽洗澡的地方叫「湯谷」，學者認為或作暘谷、陽谷、崵谷，讀音一樣。湯除了與陽一國外，也會與碭、踼、逷等蕩音字相鄰，那就是大家熟知的泡湯、喝湯了。

昜或易只是一筆之差，對現代人來說似已無關宏旨。如果再看大陸簡體字，計較那一筆就更荒謬了，簡化以後，大部分文字早失去部首或聲音的意義，原先書法藝術的圖像美感可說蕩然無存。

東吳大學劉兆玄校長堅持說我們的字是正體而非繁體，的確讓人心有戚戚，我們是對文字最後癡情的一代。

方塊字的身世

瑞典漢學家高本漢教每一個字都要解釋字的結構與字的來龍去脈，由於對漢字的熱愛，高本漢成為世界知名的漢語語言學家。相對於高本漢的教學方式，我們倒是從小學到大學都是機械式的接受了所有方塊字，老師不解釋，或者他們根本不會解釋，而學生也不問。活生生的那些字被我們讀死了。

高本漢的學生林西莉說，瑞典人講自己時會輕拍胸脯，而中國人是指著鼻子。啊！這手勢似乎由來已久，因為「自」最初的意思就是鼻子，是一個鼻子的正面圖，有鼻翼有鼻樑。殷商甲骨文金文中的自字都是鼻子的樣子，一直到漢代《說文》都寫：「自，鼻也，象鼻形。」臭味的臭與自字有關就很好理解了，味道當然來自鼻子。鼻子被借去給自己的自字後，再創一個鼻字。

五官中，眼睛是重要的，原先的甲骨文、金文的字是一個有眼球的造型，接著橫的眼睛慢慢變成直的目字。從甲骨文、金文的圖像看來，幾個字都與眼睛有關，面是指臉，原來是一張臉上面一個眼睛，而見字是一個或站或坐著的人和一隻大眼，眉字是一隻眼睛上有睫毛，不管是甲骨文或金文，睫毛下的眼睛都是橫的。

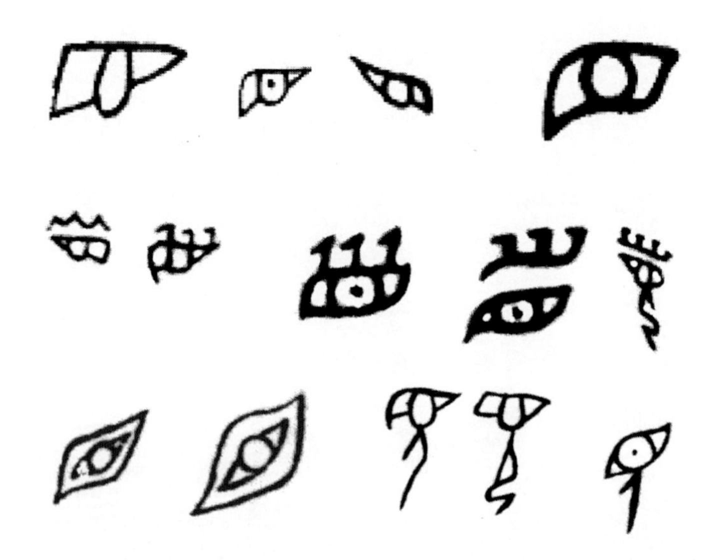

有一個字常被寫錯，腦。腦字中有一個囟字，讀信，嬰兒的前頂會跳動處俗稱囟門，囟門又稱腦門，是腦蓋，囟字中的乂據說是骨縫間組織紋理；而囟門上的巛是三撮頭髮，很寫實、很有趣。腦字的囟如果寫成煙囪的囪，是腦子開了口，會死掉吧！學生將腦、惱、瑙寫錯，是老師的錯，老師不知他頭腦的來處？

古人的所有情緒都與心有關，戀愛、悲慟、歡愉等等喜怒哀樂，無非從心情而來，似乎不太理會頭腦。連耳聰目明都與耳朵眼睛有關，也不干頭腦的事，智慧或思考似乎不必用到腦子。甲骨文中就有談到心疾，古人所說心的功能與現代大腦的功能似乎相當。從文字上可以約略知道我們古人對大腦的認識較晚，或者故意不太關心。

說了鼻子、眼睛與心臟、腦袋後，順便談一下我們的身子。身字在甲骨文中是一個人的側面，大著肚子，而大肚子中有時還出現一個點，有學者認為那一點是代表胎兒。人的身體原是從母親來的，身的原義可能就是一個懷孕的女人，有身的女人，閩南語說懷孕不就是有身嗎？ 教育部長杜正勝先生不喜歡文言文，其實是與提倡方言牴觸的，文言有助學習閩南語的。

《漢書》中的有身寫成有娠，娠要讀身的，因此女人抹的很貴的什麼霜，消除妊娠紋，要說任身紋，不是任辰紋。

中文那麼多心

父親一直覺得給我取的名字多了一個心，該叫鹿「意」鹿，他說「憶」有兩個心，做事不能一心一意。殊不知，意除了思念之意，也有不好的一意孤行，《論語》有「毋意毋必」。憶，有思念，有不忘，許多詞牌名都想憶點什麼，「憶少年」、「憶王孫」、「憶江南」、「憶秦娥」，背詩詞的人都背過。

人要一心一意太難，心部的字太多了，每個字都與我們息息相關。息是呼吸，呼吸是相連的，息息相關指關係密切，不會是「習習」相關。與息有關的是憩字，讀氣音，現在有人會將上面寫成甜，成了甜心，有字典說那是俗字，我倒覺得這字不太通，憩字很明顯，一個人舌頭休息才是真休憩，不說話，不吃東西，不談戀愛，舌頭休息才是沒有念頭、沒有慾望的表示。

也許是生命的憂患太多，總覺得心部的字快樂的較少，當然也有，懽（同歡）愉、忻悅或愛戀。可是，大部分是悲慟的字眼，悽慘、怨恨、惴慄、怯懦、忸怩、慚愧、懵懂、懺悔、悱惻、憔悴、慍懟、愀愴、惶惑、恐懼、惆悵，憤懣、懊惱、怔忡、憂愁，還很多，心部的字大多讓人怵目驚心、忐忑不安。中文字造得多好，忐忑當然不安，心上上下下不定呢！心秋合成愁，忘或忙，一是不記得，一是心急不能休息；愜意是心滿足，讀成篋、竊音，很多人讀成匣意。

大慟的事還有這件，失怙失恃。失去父親稱失怙，失去母親稱失恃，《詩經．蓼莪》：「無父何怙，無母何恃」，怙恃原指倚靠、依賴，謂父母，失去父母親就成孤兒，心的倚靠都沒有了。

許多人往往將震撼寫成震「憾」，憾是心感到不足之意，有憾恨、有遺憾，震撼一定是手部，才能搖撼、撼動。

慳這個字也常被讀成坑或堅，其實讀為千，指慳吝、慳貪，慳為貪吝之意，慳也有不快滿之意，所以說命慳或緣慳，命不好或緣不夠，徒留憾恨了。

心這個字在中文裡或指本性，或指精要，或指心思。《論語》中孔子自言四十而不惑，惑當然是疑惑，好像指心或這樣或那樣，讓人迷惑；孔夫子畢竟是聖人，我們是過了四十還很「惑」，夫子到底對什麼不惑？不管是情愛或是慾念，明明白白，心都在其中，不惑的是什麼呢？

「女」的一生

參加一個國際學術會議，有學者提到中文的賢妻良母到了日本、韓國成了良妻賢母。早期介紹過希臘羅馬神話的單士釐（一八五六－一九四五）就稱讚過日本的良妻賢母。她曾隨丈夫出使日、俄、義等國，認為日本推崇受過教育的良妻賢母，良妻賢母既可幫助國家，也可保留閨秀的地位和禮儀。與會男學者覺得有必要考證一下良妻賢母、賢妻良母的區別。

不論是良妻賢母或賢妻良母，似乎都見出一個訊息，對女人的規範。而古代女人的宿命，在造字之初就被決定了。

卜辭中，女、母每通用無別。甲骨金文裡女字就表現出女人長跪著的謙卑柔弱形象。而「母」字最初的圖像僅在「女」字的基礎上增添了兩點，代表乳房的記號，藉以突出懷孕或哺乳的特徵。中國古老的姓氏大多從女，如姜、姬、姚、嬴、媯、姒……就連「姓」字本身也從女從生。似乎人類乃至姓氏的起源都與女性直接掛鉤。女人就是母者形象，女人不生孩子似乎不像女人。

而有兒子前，一切以順丈夫為主，夫是天出頭。甲骨文說婦，服也。女人是要服從於丈夫的，不只要服從、服侍丈

夫，字形又像女人持帚形，這個字寫盡女人一生都在拿抹布、掃帚洗刷的傭人歲月。《說文》：「妻，婦與己齊者也。」妻齊疊韻為訓。妻子與丈夫平等嗎？其實不然，甲骨文裡「妻」字像婦女持械做家務圖像，與「婦」無別，唉呀，也是無薪女傭啦。

而女人不能不嫁，《白虎通．嫁娶》中記載：「婦女因夫而成，故曰姻。」說明女方出嫁到男方找到她的歸宿，沒有婚姻，女人什麼都不是。

《說文》這本字典所收兩百多個女部的字，帶有歧視色彩的差不多五十幾個，如奸、妒、婁、奴等，也可找到大批讚美女性的字眼，如好、嫵、媚、姝、姣、嫣、娜、媛、婉等，卻都是直接描寫女性的容貌、體態和性格的，容貌姣美、皮膚潔白、身材高眺、體態輕盈、顧盼嫵媚、性格嫻靜、處事柔順，對女人評價的標準，從古到今幾乎沒有太大的變化，就是欣賞為主。

有一個特別的字與女人有關，威嚴的威。《說文》中的威是指翁姑的姑，夫母也。「威」字之來源，竟與婆婆相關聯，就是說女人要生兒子，兒子要娶媳婦，當了婆婆以後才有作威作福的機會。女人好不容易取得威權，壓迫的竟也是女人。

麵是麵飯是飯

下篇要談烹調的方式，這篇先來談一下吃的主食。小時候，父親吃的是餃子、麵條或饅頭，母親吃的是米飯，家中是南北不合，他們始終堅持只有自己的食物才是主流。其實，稻麥的來源似乎都很早。

中國以農業立國，漢字有禾旁已見甲骨文、金文，到東漢《說文》創立部首，其中就立有「禾」部，禾部的字常與穀物有關。不只是甲骨文、金文，連許多民族的神話中都有偷穀物的神話，中國南方民族與日本的神話偷的是稻米，原住民神話中偷的是小米，小米稱粟，是米字部，而粟早期就是黃河流域的主要糧食，我們現在還常常吃得到小米粥。

大部分的穀物是禾字部，禾字部有黍、稻、稷、稉。中國的穀神是后稷，稷有人認為高粱，植物學上卻一直有爭議。「私」字初義為小禾，現在借為公私字。「稚」原為幼禾，《詩・大田》：「無害我田稚」，就與禾苗有關，後來大家習慣用幼稚的詞。「穆」字在本義也是成熟的小禾，長得較美，引申為和美的意思。稗官野史的「稗」，在《說文》解作「禾別」，像似禾而有別，野史正如野稗，所以用稗官。

租、稅二字也從禾部，可推知與禾穀相關，是農耕社會的事情。租，《說文》解為田賦，田租以納稻、納粟為主。

稅，本義也是田賦。租、稅二字本義都是徵禾穀，現在則多用引申義。以前如果豐收，百姓繳納的禾穀多，可能朝廷要蓋很多穀倉吧。

稔字讀忍，大家常讀為碾，原義為穀子熟了，穀子一年一熟，稔就有年的意思。而稔的穀熟後來成熟稔，熟稔指熟識的意思。

另一個大家常寫的字是收穫，收穫當然與穀物有關。與穫字相近的是獲，是犬部，理應與獵獲有關。收穫寫成收獲，字面上就不太合理。

黍也是重要穀物，《說文》中說黍可為酒，故從禾人水也。有人解釋，黍是釀酒的主要糧食，古代因祭祀頻繁，酒的消費很多，從禾人水是強調其釀酒。那麼，用稻米、粟米釀酒也都需要水，為什麼偏偏以黍釀酒要帶水？許慎說黍是由禾人水三個部分構成似乎不太通。

除了禾部米部的穀物，麥部的字也是重要主食。《說文》：「來，周所受瑞麥也。天所來也，故為行來之來。」後來的字典在人部，沒有麥子的意思了。而麥部的字不多，有個麩字，麩皮是麥皮；另一個大家較常見的是麴，讀渠音，是釀酒的麴菌，其實，酒麴不只麥麴，也有米麴。麥部主要的字當然是麪字，旁邊是丏，讀勉音；有人寫成乞丐的丐，音全不對。好笑的是，麪又寫成麵，大陸的簡體成了面字，麵面不分，一看到賣拉面的招牌，我就想到也許是做拉皮美容生意的。

寫一桌山珍海味

冬天寒流來時，有個朋友最愛的事就是去吃「涮涮鍋」，他總是說「刷刷鍋」，聽起來像是去餐廳洗碗打工。「涮」的音比較特別，像拴音，讀第四聲，是烹飪法的一種，把薄肉片放在沸水中燙熟就吃，如涮羊肉。

有關烹調的字水部的不多，「溜」也是一個，指食物入鍋微煮，通常要勾芡，有一點黏稠狀，如醋溜魚、醋溜丸子。另一個字常出現錯誤，「魯」肉飯，正確寫法是「滷」肉飯。「滷」有鹹水之意，後來在烹調上指用鹹汁調製食品，如滷蛋、滷肉。唉！可是滿街賣的都是「魯」肉飯、「魯」蛋，好像是山東人賣的。

其實，不只煎、煮、炒、炸，烹調法幾乎都是在字典的火部，火與煮食有關。李維史陀《神話學》一書中強調：「生／熟」這個對立組是一再出現的主題；前者是屬於自然的範疇，後者是屬於文化的範疇，二者差異以火的發現為指涉焦點。各原始民族都有取火神話，常會強調生食到熟食的過程。火是文化象徵，是人擺脫動物性的指標，理所當然，烹調都要先有火，烹飪所用的熱力稱「火候」。

好了，開始生火，煮一桌山珍海味。有時文火煮食，那是廣東人常說的「煲湯」。燉的話，食物和水或湯一起，像燉雞；慢火經過長時間烹煮，雞肉又軟又爛，牙不好的人都可以吃，湯汁澄清。用燜的也是文火，鍋子蓋嚴不能透氣，慢慢煮，燜肉常用燜燒鍋。熬，讀凹，湯汁多的菜要久煮，如熬菜、熬魚。熗，讀嗆，將蔬菜、蛤、蝦等置於沸水中，微煮即撈起，佐以醬料而食，熗芹菜、熗蝦。萬一菜吃不完，可以做大雜燴，許多菜餚合而為一叫「雜燴」。

南部婆家喜歡乾煎或油炸的魚，油炸的油要多，以能浸過食物為準。「炮」讀包音，和炒相似，但是不放油，火要大，如炮羊肉。爆，則是在滾油裏稍微一炸，爆羊肉、蔥爆牛肉。有時我們喜歡熏魚或熏雞，「熏」常寫作「燻」，是用木屑的煙把食物烤熟，有特別的美味。

台灣各地都有烤地瓜，其實，在炭火中烤熟也叫「煨」，與「威」同音，如煨栗子、煨番薯。另一個讓人垂涎的東西是烙餅，「烙」要讀成勞軍的「勞」，意思是把餅放在鍋裡或鐺上烤熟。「鐺」讀稱，是平淺像大鐵盤的器具，烙餅或炒菜專用。

對不起，要打烊了。「烊」是火字部，據說原是上海話，就是飯館要歇火不燒飯做菜的意思，也指商店不營業了。

狼吞虎嚥到啄食

《小紅帽》大家耳熟能詳，一個小女孩穿過森林去看望grandma，碰上大野狼。我們先來看英文中的grandma，可譯成祖母、奶奶，也可譯成外婆、姥姥。大陸各省的同類型故事中，熊、狼、虎等吃人野獸假扮的都是外婆角色。而千篇一律的狼外婆、虎外婆下，台灣卻出現獨特的「虎姑婆」。

西方的大野狼吞吃了人，英文中用的是wolfdown狼吞。而虎姑婆複雜多了，啃、咬、噬、嚙、囓、咀、嚼、吞、嚥、啖、啗、噉，這些吃食的方式在故事中都會出現。當然，動物的吃法還有比較斯文秀氣的，如鳥類啄食，啄字許多同音字，琢、椓、諑、涿，有人又會把這一組字寫成旁邊都是豕，豕是部首不當讀音，何況，豕是豬呢！

說到口字部，當然也不得不談一下許多人都容易寫錯的成語：唾手可得。唾手也寫成唾掌，意思是非常容易，就像吐口水在手上一樣容易；《後漢書》、《魏書》都有這樣的典故，看起來古人似乎很習慣吐口水。我們現在比較斯文，都把成語寫成垂手可得，那是錯的。前兩日閱大學轉學考卷子就考了這個成語，有一半考生寫「垂」手可得。

另一個是哺字，《史記》中寫周公一飯三吐哺，而曹操〈短歌行〉也引用「周公吐哺，天下歸心。」形容周公為接見賢才吃一頓飯中斷三次，吐哺是在口中含著嚼食。而大家熟悉的哺餵、反哺，原來是指鳥類含物餵飼，有些人可能不陌生，早期的母親或祖母還會將食物嚼碎直接吐給幼兒吃呢！

有句成語叫「狼吞虎嚥」，似乎暗示狼與虎總是吃得又快又急，不過，成群出現的狼可能更貪心，非要囫圇吞棗不行，慢一點就被搶光了。而所謂的狼吞意思很簡單，因為小紅帽與她的外婆都還要復活，只能被狼吞，總不能像中國或台灣一樣被虎啃，東方與西方畢竟不同，被咬食的對象幾乎是被支解的。故事中，虎姑婆總是吃掉一個孩子，另一個孩子聽到她咀嚼的聲音，向她要一點吃，結果拿到的是她吃剩的手指。在五〇、六〇年代以前長大的台灣小孩，對這個情節應不會太陌生。

台灣的虎姑婆角色令人毛骨悚然，他在故事中會吃掉小孩，敘事者不會忘記繪聲繪影地強調，虎姑婆啃雞腿或嚼花生米的聲音，他啃的實際上是小孩的手、腳。啃咬咀嚼與吞噬不同，故事中的小孩是不能復活的。

多一點不神 少一點非衣

學生在考卷上寫蘇東坡的詞「缺月掛疏桐」，疏桐成了「疏洞」；疏桐正是為了「非梧桐不止」的冰雪表白，而一個疏忽的洞，東坡高潔的孤獨感完全被辜負了。

梧桐、松柏、棟梁都是木部。有時，高粱酒會成了高「梁」酒，木頭是不能釀酒的；而粟、栗也常混淆，原住民的小米酒就是粟米釀的，粟就是小米，學生可能腦中想的是糖炒栗子，往往讀成「栗」（力）米。

特別要說的是，許多人往往示部與衣部不分。補習的補、棉被的被寫成示字旁，而祝禮祥等字則誤成衣字部。

魯迅有篇小說〈祝福〉，寫寡婦祥林嫂被認為「不祥」，不能參與祭祀活動。清代《越諺・風俗》記載：「祝福，歲暮謝年，謝神祖。」「祝福」是舊時江南年終迎神祈福的習俗。小說一開頭，年終的大典，家家殺雞、宰鵝當作「福禮」，迎接福神，而被遺忘在外的祥林嫂在爆竹聲中悄然離開了她的人間地獄。〈祝福〉是充滿了諷刺的，而祥林嫂是「不祥」的。祝、福、祥、禮等字都與神有關，全是示字部。有人說祝字的示是指上天神明；而兄，好像是一個人張嘴唱歌獻給上天；又有人以為示的甲骨文像古人所崇拜的靈石，右邊是跪著的一個人，跪著祈禱。示字部的字橫豎都與祭祀有關，歌（詩）、舞、樂原是為了娛神而起，甚至福也有祭祀的酒肉之意，神不但要看表演，也要像人一樣享用牲禮，牛啊豬啊雞啊不能少，否則神明可是會生氣的。

與鬼有關也屬示字部。禳歌為打鬼之歌，是除厲鬼的，是原始巫歌。祓禊，則屬三月三日曲水流觴的除禍求福習俗，是一種除禍祟、濯不潔的儀式。

再回來說晚上蓋的被子，《說文解字》以為是寢衣，有人以為是臥衣，或以被為衾，似乎衾被原是睡覺時穿的長衣，後來成了覆蓋的。補習、修補的補原先指的是衣裳綻裂而後修治完整；《辭海》中就註明了後來的引申義，凡是修治破損、填滿欠缺都稱補。以前只有衣服綻裂才需縫補，現在是所有人都要補，連幼稚園都在補英文、珠算、鋼琴。最後一個常錯的字是裏面的裏，俗寫成裡，也被誤為示字部；裏原是衣內，《詩經．綠衣》：「綠衣黃裏」，意思是綠衣的內裏是黃色。閩南話還有內裏的說法，裏原是指衣內，後來凡在內都稱裏，表裏山河，表與裏原是衣外衣內，裏或裡，都是衣部。衣的甲骨文就像衣服之形，學者以為上部的「人」字形部分就是衣領，兩側開口處是衣袖。金文的衣的圖像基本上與甲骨文相同。

楷書的衣字部與示字部不同的只是衣字旁多一點，中文字多一點少一點是很有關係的，多一點不是神，少一點並非衣。

中文學界最嘔的三大名句

如果要票選一本各種考試作文中考生最愛引用的典籍，也許首推王國維的《人間詞話》。不管作文題目是「快與慢」、「對鏡」、「偶像」、「回家」或「律師性格與國家領導」，考生都可以九彎十八拐地說到《人間詞話》中成大事業、大學問必經的三種境界：「昨夜西風凋碧樹，獨上高樓，望盡天涯路。」第一境出自晏殊的詞〈蝶戀花〉，原是懷念遠人；「衣帶漸寬終不悔，為伊消得人憔悴。」第二境是柳永的詞〈鳳棲梧〉，寫春愁，也寫癡情和執著；「眾裏尋他千百度，回頭驀見，那人正在，燈火闌珊處。」第三境是辛棄疾寫元宵節的詞〈青玉案〉。

補習班讓考生囫圇吞棗地亂背一通，蒙混我們這些閱卷女士先生，如果剛好打瞌睡，就會以為他們真是境界奇高無比。仔細一瞧，看得眼珠子差點要掉下來。

「衣帶漸寬」是講人瘦了，可是天才考生寫「寬衣解帶終不悔」，敗給你了，柳永的境界已經蕩然無存。因為癡情執著而消瘦，導致衣帶漸寬，衣帶漸寬成了寬衣解帶，怎麼有些像似色情詞？「西風凋碧樹」，原是講綠葉在秋風中變黃凋零，無限蕭瑟、淒美，而考卷上活生生被改成「凋蔽樹」或「凋壁樹」，朋友，那是壞的樹、長蟲的樹、牆壁上的樹。

而闌珊衰殘的燈火被寫成「燈火柵欄處」，完全不知所云。

考生千篇一律的境界讓閱卷者怵目驚心，完全沒境界的考生反而會比較討好。

不用說考生，即使是一般人，有時碰到不易見的字，也是胡亂讀、胡亂寫，如「以蠡測海」。知道范蠡的蠡，讀里，因為他與美人西施有關。「以蠡測海」就不會了，那是見識淺陋，有如以管窺天，《漢書．東方朔傳》有這個成語，蠡是瓠瓢，就是葫蘆瓢，拿葫蘆瓢酌測海水，成語有時也寫「以蠡酌海」。又如「守株待兔」本意是指不知變通，只枯守在同樣地方等待獵物，不意被考生寫成守株待「吐」，啊！不嘔很難啦！「揠苗助長」原是嫌禾苗生長太慢，拔一拔，幫助長大，反而把禾苗弄死了。揠原有拔之意，寶貝考生可以寫「壓」苗助長，不知壓了如何助長？

上次教育部長鬧了輓聯音容「苑」在的笑話，其實，該檢討的是教育部請的書法名家竟有這種錯字，而一般人也常將音容宛在四個字到處亂用，似乎忽略追憶亡者的性質。就像有人大剌剌承認自己的官位是酬庸性質，應該也緣由並未對酬庸的意義拿捏清楚。

網路上流傳的不是笑話，就是會有考生將他們的列祖列宗污衊成「劣祖劣宗」，子孫惡劣不肖，祖宗只好多擔待了。

「黃」的學問

最近讀了一本叫《黃色》的書，說任何顏色都很難有清晰的定義，黃色特別含混不清。書主要在探討黃色顏料的來源，早期有人用公牛的膽汁來製造黃色顏料，又有科學家堅稱，黃色源於駱駝吃了芒果後的排泄物。書的作者是西方人，只談黃色的來源與意涵，與我們的黃色似不相關。

中國大陸習慣以姓氏稱人小張、小李。帶研究生去北京開學術會議，教授朋友們親熱地叫「小黃」，研究生說聽起來像是喊小狗，心裏很不舒服。

被叫小黃的女孩不樂意，不知被叫黃老或老黃的人有何感想。有位黃教授在學術界不以學術成績出名，大家難忘的是他愛講有顏色的笑話，學生背後叫他黃老、老黃。當然別人也拿他當笑話：「喲！好久沒講笑話了，枉費你的姓氏。」「他的笑話有顏色的，你們看他的姓氏就知道了。」

這話題要探究的倒是，黃色笑話為何意指色情笑話？在西方，黃色似與色情無關。有一種說法，色情笑話在原先因為難登大雅之堂，不能公開出版，只能傳抄在紙質粗糙的黃紙上，才有黃色笑話的說法。是否如此，不得而知。

「黃」這個字倒是有一些可說的話，在《說文》中解釋「黃」原是地之色，土色黃所以有個田，就像大家熟知的天玄地黃，我們一向會說土黃色，不像西方人說的印度黃、檸檬黃或芒果黃；不過也有不同的看法，說黃字原來與玉珮有關。中國文字的複雜由此可見。姓黃的學生自我介紹總說艸頭黃，其實黃與草木無關，黃字自成一個部首，不在艸部。考證來考證去，令人想起「信口雌黃」這句成語。許仙給白娘子喝的酒中加的雄黃是一種礦物，雌黃也是礦物，說是呈檸檬黃色，因為書寫用的紙張是黃色，要改易文字，就塗上雌黃，就如現在立可白的作用；後來就將改竄叫「雌黃」，又稱掩飾真相隨意譏評者為「信口雌黃」。

令人難堪的是，與黃色有關的只剩「基因色彩」或網路流傳的黃色笑話，不論是雌黃或雄黃，終將成為明日黃花。重陽節賞菊花，明天重陽節已過，菊花就過時了。蘇東坡寫：「相逢不用忙歸去，明日黃花蝶也愁」，就是寫重陽節當天與朋友歡聚的心情，要珍惜現在，明天就事過境遷了。而「明日黃花」也常被寫成「昨日黃花」。

記得明溪街（後記）

馬奎斯有一條馬格達萊納河，而你，二十幾年來，也擁有一彎溪流，像似馬奎斯說的，人生是鬼使神差，在適當的時間，你就到了溪畔。臨溪路70號有如楚威格的咖啡館，是除了家之外最熟悉的所在。

除了臨溪路，記得更清楚的是明溪街。租賃的小屋，你在門口種了一棵桃樹，桃花開的時候，人面不知何處去？記得明溪街的午後，朋友送了一籃水果，兩人坐門口的草地上，對著陽明山的晴空，吃一串葡萄，說男孩的種種，朋友眼中有淚，愛情要結束了。日子過著過著，兩人談的話題變成女兒要青春期了；你在驚愕中沒有想到朋友就缺席了，無聲無息消失，說是發病十天而已。

又記得有一分生日禮物是梅花鹿的桌墊、杯墊，和一大疊國際航空郵件放在一起，有一個大紅盒收著，收信的地址都是明溪街11巷。

明溪街是一個憑弔的地址，你喚不回的青春愛戀，生命中最好的時光。曲未終，人已散；流水猶是今日，明月已成前身。從明溪街經過，當年在讀中學的女孩牽一個小女孩要去旁邊的幼稚園，她現在是媽媽了。

記得午睡後的恍惚，窗外有黃色絲瓜花爬在竹架上，郵差送來遠方的思念。記得晚餐時的頭痛，你有一大束花，走去藥房買治頭痛的藥。花與藥都無法治癒，生命中的缺落。

缺落的不只是一條街，人生，千瘡百孔，路面永無真正填平的一天，你努力學習，接受生命中的缺落。

明溪街十年，沿著山坡而上，到了翠山街；春天來時，你種了一大片一大片小雛菊，在洗床單的豔陽日子裏，滿山都是剛抽芽的鵝黃新綠。生命的缺落是為了，看到生命的圓滿。

這本小書中的許多篇都是為了教學而寫，因為可以分享學生生命中的重要時光，生命變得豐盈。

謝謝畫素描的學生金玉琦，你記得她送了很多次棗泥餅。謝謝在外雙溪風雨中拍照的妹妹鹿兒陽，她讓外雙溪的樹與蝴蝶進到這本書中，父母故去以後，她是你與鹿姓的至親憑依。

感謝一直催稿的中國時報浮世繪版主編夏瑞紅，她精心開闢一個「中文正紅」的專欄。而國語日報藝文版的主編湯芝萱，她允許有人在「人間愉快」專欄上寫偶爾不愉快的人間。更感謝一些讀報的朋友，他們提了許多寶貴的意見，原來，對文字癡情的人還很多。

《迷宮中的將軍》有一句話：我們一向都很富有，什麼都不算多餘。

你一直不願意老去，始終以一顆癡情的心去對抗人間的荒蕪。

國家圖書館出版品預行編目

臨溪路70號 / 鹿憶鹿著. -- 一版. -- 臺北市
: 秀威資訊科技, 2006 [民95]
面； 公分. -- (語言文學類
; PG0093)

ISBN 978-986-7080-43-1(平裝)

855 95008053

語言文學類 PG0093

臨溪路70號

作　　者 / 鹿憶鹿
發 行 人 / 宋政坤
執行編輯 / 林世玲
圖文排版 / 張慧雯
封面設計 / 莊芯媚
數位轉譯 / 徐真玉　沈裕閔
銷售發行 / 林怡君
網路服務 / 徐國晉
出版印製 / 秀威資訊科技股份有限公司
台北市內湖區瑞光路583巷25號1樓
電話：02-2657-9211　　傳真：02-2657-9106
E-mail：service@showwe.com.tw
經 銷 商 / 紅螞蟻圖書有限公司
台北市內湖區舊宗路二段121巷28、32號4樓
電話：02-2795-3656　　傳真：02-2795-4100
http://www.e-redant.com

2006 年 5 月 BOD 一版
2006 年 11 月 BOD 二版
定價：250 元

讀　者　回　函　卡

感謝您購買本書，為提升服務品質，煩請填寫以下問卷，收到您的寶貴意見後，我們會仔細收藏記錄並回贈紀念品，謝謝！

1.您購買的書名：________________________

2.您從何得知本書的消息？

☐網路書店　☐部落格　☐資料庫搜尋　☐書訊　☐電子報　☐書店

☐平面媒體　☐ 朋友推薦　☐網站推薦　☐其他__________

3.您對本書的評價：(請填代號　1.非常滿意 2.滿意 3.尚可 4.再改進)

封面設計____　版面編排____　內容____　文/譯筆____　價格____

4.讀完書後您覺得：

☐很有收獲　☐有收獲　☐收獲不多　☐沒收獲

5.您會推薦本書給朋友嗎？

☐會　☐不會，為什麼？______________________________

6.其他寶貴的意見：____________________________________

____

____

____

讀者基本資料

姓名：________________　年齡：_____　性別：☐女　☐男

聯絡電話：______________　E-mail：________________

地址：____

學歷：☐高中(含)以下　☐高中　☐專科學校　☐大學

☐研究所(含)以上　☐其他____________

職業：☐製造業　☐金融業　☐資訊業　☐軍警　☐傳播業　☐自由業

☐服務業　☐公務員　☐教職　☐學生　☐其他_________

請貼
郵票

To：114

台北市內湖區瑞光路 583 巷 25 號 1 樓

秀威資訊科技股份有限公司　　收

寄件人姓名：

寄件人地址：□□□

(請沿線對摺寄回,謝謝!)

秀威與 BOD

BOD（Books On Demand）是數位出版的大趨勢，秀威資訊率先運用 POD 數位印刷設備來生產書籍，並提供作者全程數位出版服務，致使書籍產銷零庫存，知識傳承不絕版，目前已開闢以下書系：

一、BOD 學術著作—專業論述的閱讀延伸
二、BOD 個人著作—分享生命的心路歷程
三、BOD 旅遊著作—個人深度旅遊文學創作
四、BOD 大陸學者—大陸專業學者學術出版
五、POD 獨家經銷—數位產製的代發行書籍

BOD 秀威網路書店：www.showwe.com.tw
政府出版品網路書店：www.*gov*books.com.tw

永不絕版的故事・自己寫・永不休止的音符・自己唱